FOLIO POLICIER

Elsa Marpeau

L'expatriée

Gallimard

Elsa Marpeau a grandi à Nantes avant de venir s'installer à Paris à dix-huit ans. Elle est l'auteur d'une thèse sur « Les mondes imaginaires dans le théâtre du XVIIe siècle » et a enseigné à Nanterre. Elle a ensuite vécu à Singapour. Après *Les yeux des morts*, qui a reçu le prix Nouvel Obs-BibliObs du roman noir 2011, elle a publié *Black Blocs* et *L'expatriée* dans la « Série Noire », ainsi que *Petit éloge des brunes* dans la collection « Folio 2 € ».

À Aurélien M.

Pour que tout soit consommé, pour que je me sente moins seul, il me restait à souhaiter qu'il y ait beaucoup de spectateurs le jour de mon exécution et qu'ils m'accueillent avec des cris de haine.

ALBERT CAMUS, *L'Étranger*

PROLOGUE

« Ici ou là »

Des quarante millions de passagers sillonnant l'aéroport de Changi tous les ans, l'immense majorité ne traverse jamais la barrière de la douane. J'ai été comme eux. Une passagère en escale. Je ne devais ma connaissance de Singapour qu'à mon imagination. Je m'étais figuré des buildings en rangs serrés. Des rues immaculées, au tracé net, un quadrillage rationnel, des portions d'espace millimétré. Des visages innombrables, identiques. Une cité sans crime, sans chewing-gum et sans âme.

Quand j'ai franchi les portes automatiques pour atteindre l'autre côté, celui du réel, quand j'ai cessé d'être une touriste en transit pour devenir une expatriée, quand j'ai arrêté de fantasmer Singapour pour y devenir résidente temporaire, je me suis trouvée plongée au cœur d'une jungle. Dans un marécage.

Partout, la végétation enlace les buildings et le béton. Une végétation dense, odorante, démesurée. Des fougères géantes éclatent en gerbes sur les troncs. Les arbres à pluie bordent les avenues. Leurs branches immenses se mêlent au ciel, de part et d'autre des trottoirs, recouvrant l'agitation urbaine de leur canopée. Les racines plongent en terre et affleurent à la surface, des dizaines de mètres plus loin. Des kilomètres de béton et une profusion végétale forment l'urbanisme particulier de cette cité-État, qui s'est extirpée du chaos il n'y a pas plus de soixante ans, ensevelissant la misère et l'opium sous sa verticalité, érigeant des tours de métal et de verre sur le cloaque.

Et bien sûr, à la surface de Singapour, dans sa chair, son odeur, son ADN : la chaleur de plomb. Quand le ciel est dégagé, la température grimpe jusqu'à trente-cinq degrés. L'humidité prend à la gorge. Le plus souvent, les nuages s'amoncellent et finissent par exploser en orages, en pluies torrentielles et brèves. Alors remonte du sol un parfum d'humus, de macération, de pourriture.

Ce parfum, j'ai appris à le reconnaître, à peine arrivée. J'ai aussi appris à l'aimer. Dès que je le pouvais, je sortais dans la moiteur poisseuse, quand l'odeur de la terre devient suffocante. Chinatown, Little India, Marina Bay, Jurong, Sentosa, Geylang… Partout, des atmosphères et des couleurs différentes. Quatre langues officielles : l'anglais, le mandarin, le malais et le tamoul. Et tant d'autres : les langues non officielles, javanais, bengali, français, danois, les différents dialectes chinois, et le singlish, l'anglais revisité par les Singapouriens. Des mosquées, des églises, des temples hindouistes et bouddhistes. Singapour, melting-pot extrême. Chinois, Indiens, Malais, Indonésiens, Australiens, Anglais, Français, Philippins, Japonais, Américains, Norvégiens, Danois, Coréens — ici, à l'autre bout du monde, je me perdais avec allégresse au milieu des corps et des fictions qu'ils véhiculaient.

*

Même si les choses ont dégénéré, rien n'était prémédité. Il n'y avait aucun plan, aucune ligne directrice. Juste un enchaînement de hasards, de rencontres.

Dès le départ, notre expatriation ne tenait pas d'un projet établi d'avance. Alexandre aurait pu avoir un poste ailleurs, en France, en Amérique du Nord ou dans un autre pays d'Asie. On lui a d'abord proposé la Chine. Il n'a pas voulu. Il estimait la pollution trop élevée. Il disait qu'avec un bébé il valait mieux trouver une destination plus saine. Il n'arrêtait pas de parler de l'enfant à venir. Cette obsession commençait à me taper sur les nerfs.

Ensuite, on lui a proposé Singapour. Il a accepté. Je ne me souviens plus de ses raisons. Il ne m'a pas consultée. Quand je lui en ai fait le reproche, il a paru surpris :

— Je pensais que la destination te serait égale.

Alexandre disait que j'aurais pu écrire mes romans n'importe où. En théorie, il avait raison. Mais je n'arrivais pas à m'y mettre. Il faisait trop chaud. Je laissais mon esprit s'égarer dans des rêveries sans suite. Des images se faisaient et se défaisaient comme les nuages derrière la fenêtre de ma chambre. J'espérais qu'il s'en dégagerait quelque chose. Que dans le flux ininterrompu naîtrait une forme. Une ébauche. Un personnage.

Dans mes bagages, j'avais mis quelques robes minuscules, des sous-vêtements. Aucun livre, aucun objet décoratif. Juste un peigne, un coupe-ongles, une brosse à dents. Le strict nécessaire. Et un dossier intitulé : « la chair entre horreur et beauté ».

Il s'agissait d'un cours d'histoire de l'art, accompagné de planches anatomiques. Les planches dont je comptais faire le plus grand usage étaient celles de cadavres exposant, à mi-chemin entre art et médecine, l'intérieur de leur corps. Sur la première gravure de la série, un homme dépiauté, debout dans une posture gracieuse, les bras légèrement écartés. Il se tenait ainsi, s'offrant aux regards, dans un décor champêtre. Ses muscles à découvert. Puis il s'effeuillait au fil des images. Les organes dévoilés. Ensuite, les réseaux des nerfs et du sang. Enfin, son squelette nu. Pour seul vêtement, il avait gardé son sourire et un rien de solennité. J'étais partie avec cette intuition : je ferais une histoire autour de ces écorchés.

*

À notre arrivée, quand j'ai ouvert le dossier, j'ai retrouvé toutes sortes de gravures, de croquis, de peintures. Mais plus aucune trace des écorchés. À croire que je les avais rêvés. J'avais dû les consulter un jour, pour dieu sait quelle raison, et j'avais oublié de les remettre à leur place. Ou je les avais perdus. De toute façon, ici, cela revenait exactement au même. Je ne les reverrais jamais. Ils n'existeraient plus que dans ma mémoire. Ils y étaient bien vivaces, c'est vrai, mais rien ne garantissait que mes souvenirs s'accordassent parfaitement à la réalité. Il pouvait y avoir des distorsions, même minimes. Le simple fait qu'aucune vérification ne soit possible ouvrait une brèche que je ne pourrais pas combler.

Des phrases me venaient, sans rapport : *Mais là-haut, là-haut, au-delà des murs, des fenêtres, au-delà des toits, juste au-dessus du monde. Fuir.* Mais ces phrases restaient là, posées sur le papier, et refusaient de se lier entre elles. Elles se soustrayaient à l'ensemble. Elles paraissaient même vouloir me prouver qu'il n'y avait pas d'ensemble, jamais. Pas de plan. Juste un enchaînement de rencontres, de hasards, comme ceux qui ont conduit à sa mort.

*

Il n'aurait sans doute pas été de mon avis, lui qui a reçu les coups de couteau, mais il était pourtant vrai que le livre et le meurtre s'équivalaient. Ils délivraient une même absence de message. Ils ne faisaient pas corps. Ils n'allaient dans aucune direction préétablie. Sans compter que son décès, de mon point de vue, ne terminait rien. Il ouvrait au contraire sur d'autres événements, des événements qui semblaient ne jamais devoir s'arrêter. Des suites de possibilités.

La seule nécessité des faits survenus au condo, c'était la chaleur et l'humidité. À cause d'elles, tout se putréfiait en accéléré. Des champignons recouvraient en une ou deux nuits nos semelles. Le cuir de nos chaussures s'usait au bout de six mois. Les toits fuyaient à cause de la violence des intempéries. Le bois de nos meubles cédait sous la température et les pluies. Le fer de nos rasoirs rouillait en quelques jours.

Et je crois que nos âmes ne pourrissaient pas moins vite.

PREMIÈRE PARTIE

SOLEILS LEVANTS

1

L'Arabe blond

1er juillet. Les Français de la résidence se réunissent à la piscine pour accueillir un nouvel expatrié. En attendant sa venue, on ouvre le champagne. Le bruit des bouchons fait s'envoler les oiseaux. Les délicieux oiseaux jaunes, qui volent par deux au-dessus de nous. Je me replace à côté de Max pour profiter de l'ombre qu'il projette sur un coin d'eau. Il mesure presque deux mètres et pèse plus de cent kilos. J'ai l'impression d'être dissimulée sous les branches d'un hêtre. En remplissant mon verre, il fait un faux mouvement. Du champagne coule le long de ma hanche et se dilue dans le grand bassin. Max effectue un mouvement latéral. Plus loin, trois femmes pataugent dans le petit bain, allongées de tout leur long au milieu des gamins.

Le soleil me brûle. J'avance de deux pas pour me trouver à nouveau dans l'ombre de Max. La piscine de Sommerville Park est bordée de palmiers gigantesques, de frangipaniers, d'arbres à pluie au tronc colonisé par les fougères. Mais rien n'abrite du soleil au zénith. Notre rue est composée de blocs de quatre étages, comprenant deux duplex, comme le nôtre. Le toit des habitations est en tuiles, les façades rose pâle. Des bambous poussent sur les terrasses. Au-delà des terrasses, côté route, les alignements de places de parking. Des voitures rutilantes, Bentley, Ferrari, Hyundai, Toyota, Lexus. Dans le mètre séparant le mur de la voiture : des tables et des chaises d'enfant, où les maids dînent le soir et où les gosses dont elles s'occupent peuvent s'amuser le reste de la journée.

Ici, tout le monde est de passage. En partance ou en provenance d'un autre pays. Le rythme soutenu des départs exige de la souplesse de caractère. Les fréquentations sont provisoires, personne ne se risque à une dépense superflue de sentiments. On économise les élans du cœur. On prise l'inconstance des attachements. On forme des alliances réversibles. Si l'ennui engendre une malveillance de circonstance, la chaleur vient rapidement à bout des volontés. Elle fait régner en maîtres l'indécision et la frivolité.

Ainsi suis-je devenue. Parmi ces pantins qui peuplent désormais ma vie, Salma est la seule qui existe vraiment. Elle vient d'arriver, avec plusieurs heures de retard. Elle a pris la nouvelle ligne de métro. Deux stations. Elle habite à Buona Vista, dans une des tours de One North Residences.

Maintenant, elle reste là, sans bouger, assise de l'autre côté du bassin. Enchaînant cigarette sur cigarette — ses éternelles Marlboro rouges qui lui donnent cette voix cassée, si belle et grave. Elle se fout de l'interdiction de fumer qui s'étale en grosses lettres près des grilles. Elle se fout d'à peu près tout. Elle se tient là. Immobile et comblée.

Les trois femmes du petit bain lui jettent des

regards en coin. Elles n'ont rien en commun et d'interminables heures à tuer. Tout ce qui les entoure nourrit des haines à date de péremption limitée : une chevelure trop longue, un maillot de bain remontant à la taille, un cul trop gros, un gamin trop poli, des habitudes différentes, une femme qui travaille. À elle seule, Salma pourrait alimenter leurs conversations d'une année. Elles détaillent chacun de ses gestes, sa moindre attitude, le plus petit pli de sa peau. Salma s'en moque, elle rit en écrasant son mégot par terre. Elle refuse le verre de champagne que je lui tends, hausse les épaules quand je lui propose une glace. Elle désigne, sur son paquet, la photo d'une gorge nécrosée :

— À ton avis, le type à qui appartient la tumeur a accepté d'être pris en photo pour rien ou il touche des droits d'auteur ? Je parierais que ce connard a accepté un forfait au lieu d'un pourcentage sur les ventes. Les gens sont prêts à tout pour avoir leur photo quelque part.

Salma est rédactrice dans une agence médias. Ce qu'on nomme une « créative », chargée de transformer un bien de consommation en récit. Cette tâche lui demande parfois une semaine, parfois une minute. Une minute ou une semaine de repos car, dit-elle, son esprit se meut quand son corps se fige. Dès qu'elle se met en quête d'une idée pour justifier l'indécence de son salaire, elle disparaît pendant des heures sur le toit-terrasse de son immeuble ou sur la chaise d'un jardin public.

*

Aux pieds de Salma, les trois trentenaires barbotent dans la piscine en croassant. À l'exception de Ludivine, elles sont bâties sur le même modèle, sportif. Cheveux blonds, mi-longs. Vernis à ongles, même sur les doigts de pied. Durant leurs longues journées d'oisiveté, ces femmes expatriées vont faire des pédicures, elles vont s'acheter des vêtements, elles deviennent parents d'élèves, elles entrent à la chorale, elles assistent à la messe le dimanche, elles participent à des œuvres de charité, elles médisent. Je vais m'asseoir près d'elles. Elles se taisent brusquement, puis la conversation passe en terrain neutre.

— C'est fou ce qu'ils sont lents. François me le dit toujours, ils ne comprennent rien.

— Le pire, c'est en voiture. On se demande comment ils ont le permis.

Je les écoute en fond sonore.

— Au resto, la dernière fois, le serveur ne savait pas déboucher une bouteille.

— Ils sont empotés, les pauvres. Mais empotés.

— Je te jure, à force de vivre ici, y a de quoi devenir raciste.

Je fais quelques pas pour rejoindre Max. Il remplit ma coupe. On trinque. Je lui lance :

— J'ai calculé : au débit horaire de conneries, ta femme obtient un très gros score.

Max s'aperçoit que la bouteille est vide. Il la repose nonchalamment sur le bord.

— Je sais, mais elle a le fessier spirituel. Alors dès que je peux, je parle à son cul.

Je me reflète dans ses lunettes de soleil. Ses mains

de bûcheron font naître en moi une brève rêverie pornographique. Une suite sans continuité où ses mains serrent le cou d'un cygne, giflent le fessier d'une femme inconnue, me maintiennent en laisse.

— Tu as de la chance. Alexandre et moi entrons en collision une fois tous les six mois. Et encore, il faut vraiment que son ordinateur ait planté. Et que les batteries de sa tablette soient à plat.

Salma éclate de rire. Max jette un œil vers Alexandre, qui nous a rejoints. Mon mari ne bronche pas. Il se contente de hocher la tête à la manière d'un vieux sage ou d'un infirmier. Galvanisée par le rire de Salma, je cherche à le provoquer :

— Au début, je me suis maintenue au second plan de son existence, derrière son travail. Mais après deux ou trois ans, je suis passée au troisième rang, derrière les résultats sportifs de lequipe.fr.

Alexandre ne répond toujours pas. Max commence à être gêné. Je conclus en riant :

— Aujourd'hui, j'arrive loin derrière l'application « Angry Birds » de son iPad 3.

Alexandre sourit à Max :

— Désolé, ma femme ignore toute censure. Elle n'en fait qu'à sa tête.

Il attrape ma paume, la presse un peu, pas trop, il esquisse un geste pour la porter à ses lèvres. Il ne va pas jusqu'au bout. Il laisse retomber ma main, puis il quitte le bassin pour rejoindre Jean-Louis, qui parle politique. Une fatigue intense me saisit.

Je ne me rappelle plus l'événement qui m'a fait comprendre qu'Alexandre ne m'aimait plus. Mais j'en avais ressenti de la stupeur.

Je tends mon verre à Max. Il me ressert. Quand mon mari a atteint le bord, il dit en haussant les épaules :

— Il est sympa, Alexandre.

Je cligne des yeux, éblouie par la luminosité du jour. Je me décale d'un pas pour retrouver l'écran que son corps de géant interpose entre le soleil et moi.

*

Les maids philippines surveillent les gamins qui jouent dans le petit bain en hurlant. Elles restent sur le bord. Elles ne savent pas nager. De toute façon, elles n'ont pas le droit de se baigner. Elles n'osent pas. On les accuse, assurent-elles, de transmettre par l'eau des maladies vénériennes.

Un vieil Indien contrôle les espaces communs sur écran. Son nom de prince, de maharaja, jure avec sa silhouette et sa taille minuscule. Rajagopal. La salle des fêtes, qui accueille les anniversaires ou les cours de sport, la salle de musculation, la piscine, le restaurant — tout est surveillé par des caméras vingt-quatre heures sur vingt-quatre. Rajagopal lui-même est observé par une caméra, destinée à éviter qu'il ne s'endorme. À cause de son âge, soixante-quinze ans, il lui arrivait de sombrer dans le sommeil au bout de plusieurs heures passées devant ses écrans de contrôle.

Dans le condo, les travailleurs qui lavent les voitures ou ramassent les feuilles sont pour la plupart septuagénaires. À chaque allée est affecté un vieux balayeur malais. Le nôtre n'a plus que deux dents et il est un peu fou. Il lui arrive de chanter tout l'après-midi en chassant les feuilles mortes un peu plus loin, inlassablement parqué dans son minuscule coin d'univers. La même allée. Pas plus de cent mètres de long. Le même outil : un balai composé d'un entrelacs de brindilles. Et les feuilles, tombant à un rythme identique, dans ce pays sans saison.

*

— Je crois qu'un des gamins est en train de se noyer, dit Max en me resservant.

— Ça n'a aucune importance, conclus-je.

Un éclat de rire secoue le petit groupe de femmes agglutinées. Je m'ébroue pour les rejoindre. Marjorie, visage lisse et corps mince, quoique enceinte de huit mois, palpe son ventre :

— La seule chose qui me fait encore lever le matin, la seule, c'est l'idée que, quelque part, un génie va débarquer et inventer un produit miracle contre la cellulite !

Elle nous fixe tour à tour pour mesurer l'effet de sa plaisanterie, tandis que Ludivine m'examine de ses gros yeux bleus. Bien que je l'aie toujours considérée comme une sorte d'objet vaguement encombrant du décor, je me force à lui sourire pour que son mari, Jean-Louis, continue à me prêter sa Ferrari jaune.

François, le mari de Marjorie, lance à Max :

— On fait une course ?

François se met en position. Il s'apprête à partir quand il s'aperçoit que son adversaire ne l'a pas suivi.

Max hausse les épaules sans bouger d'un pouce. François l'interpelle :

— Tu as peur de perdre ?

Il est grand et mince, avec des yeux très clairs, une moustache et un bouc. Son air doux lui donne les apparences trompeuses de l'intelligence.

— Moi qui me flattais d'être conne, lancé-je en direction de Salma, je suis bien peu de chose, comparé à ce type.

Il me considère d'un air incertain avant de feindre de ne pas avoir entendu.

*

Fely apparaît dans mon champ de vision. Je fais le point sur elle. Elle tient mon bébé dans ses bras. Je m'avance. Elle sourit :

— Je peux faire quelque chose pour vous, m'ame ?

— Oui. Viens nager.

— Non, m'ame.

Elle se met à rire.

— Va chercher un maillot de bain. Je vais garder Louise.

Elle ne bouge pas. J'essaie d'attraper le bébé qui se tortille pour rester dans ses bras. J'agrippe sa main. Je la tire vers l'eau :

— Allez, viens. Il fait trop chaud pour rester là et manger des chips.

— Non, m'ame.

— Pourquoi ? Personne ne te dira rien. Ou alors il aura affaire à moi.

— Non, m'ame.

Elle me fixe. Son expression me reste indéchiffrable. Si j'y prenais garde, je lirais un mélange de peur et de détermination, de soumission et d'insolence. Des sentiments contradictoires, que je renonce à démêler par paresse.

Le silence dure. Ses yeux sont si noirs qu'ils reflètent l'extérieur. Dans ces miroirs j'apparais furtivement, visage nonchalant, puis tronc, puis silhouette qui s'éloigne, perd sa consistance, se délite et meurt.

*

Plus tard, je me souviendrai de la nuit d'encre de son regard.

Mais pour l'heure, en ce 1er juillet, l'impression s'estompe. Je suis happée tout entière par l'apparition qui, à l'autre bout de la piscine, vient de se matérialiser.

Celle de l'Arabe blond.

2

L'ordre des choses

S'il fallait dater avec précision la succession des événements, je dirais que tout a commencé ce 1er juillet, quand l'Arabe blond est arrivé à Sommerville. Ensuite, il y a eu le 19 août. Ce jour-là, dans un condo voisin, une femme s'est jetée du douzième étage. Elle s'est écrasée sur les dalles de la piscine. Certains pourraient penser qu'il n'y a aucun rapport entre son suicide et les incidents autour de l'Arabe. Et pourtant…

Cette année-là, à Singapour, le 19 août correspondait à Hari Raya. Il signifiait la fin du jeûne du ramadan, célébrée le premier jour du mois de chawwâl. Il s'agissait d'un jour sacré, où hommes et femmes devaient manger et profiter des grâces d'Allah. Pour cette fête musulmane, le gouvernement de Singapour donnait un jour férié à toutes les communautés. Le 13 novembre, on fêterait Deepavali, la fête des lumières, pour les hindous ; plus tard, il y aurait Noël pour les catholiques, puis le Nouvel An chinois, le 23 janvier. Le 5 mai, on fêterait également Vesak Day pour célébrer Bouddha, le huitième jour du quatrième mois du calendrier chinois.

Et bien sûr, mais je ne l'ai su que plus tard, nous

entrions dans le septième mois lunaire, le mois où s'ouvrent les portes de l'enfer, déversant sur le monde ses âmes furieuses et affamées.

*

Quand j'ai appris le suicide de cette Indienne, je n'ai eu aucune réaction immédiate. Le soleil m'avait mise en état de sidération. Et de toute façon, je ne la connaissais pas.

J'aurais pu appeler l'Arabe blond ou Salma, mais je ne l'ai pas fait. Je suis montée dans ma chambre. Je voulais commencer ce livre sur les écorchés, mais je n'y arrivais pas parce que mon dossier ne contenait plus d'écorchés. Et la chaleur, j'en ai déjà parlé. La chaleur écrasait tout, reléguait les êtres non pas au rang d'animaux mais à une dimension presque végétale. Je me voyais moi-même comme une mousse sur un tronc d'arbre. Quelque chose de léger, doux et creux, une matière complètement poreuse. Je me suis laissée dériver.

Chaque jour, vers midi, je me dépouillais de ma conscience. J'échouais sur mon lit, jetée là par les vagues caniculaires. Je ne retrouvais un semblant de volonté que vers dix-sept ou dix-huit heures, quand tombait le soir et que la température redescendait en dessous de trente degrés. Mon livre n'avançait pas d'un pouce. Je restais des heures devant mon bureau, à fixer l'écran noir de mon ordinateur ou à observer le monde à travers la fenêtre.

Ce jour-là, j'ai regardé les oiseaux jaunes passer par deux. J'ai regardé les arbres immenses, le dessin des nuages, les toits de tuile rose. Je ne pouvais pas, d'où j'étais, apercevoir le trottoir mais j'entendais la clameur du dehors. J'ai éteint la clim. J'ai laissé la chaleur étouffante progressivement m'enlacer. Je me suis avachie sur le bureau. J'ai coulé. Les idées m'ont quittée. Je remâchais de vieux rêves informulés, des esquisses de personnages qui ne prenaient pas corps.

Derrière la vitre, il se passait apparemment tant de choses. Des enfants criaient. Ils jouaient au cricket juste en bas. J'ai essayé de distinguer la voix de mon bébé, parmi celles des autres gosses. À huit mois, elle commençait déjà à mener un certain tapage. Elle riait, pour des raisons qui resteraient perdues à jamais. Ses pleurs avaient des causes plus lisibles : elle avait faim, trop chaud, elle était fatiguée, elle avait mal aux dents. Elle était d'abord un organisme, avec ses petites misères et ses satisfactions. De ce point de vue, je ne me sentais pas si éloignée d'elle.

Dans les vagues de touffeur, une forme a finalement émergé. Je me suis mise à imaginer l'Indienne avant qu'elle ne saute. Sa peau très sombre, ses cheveux brillants. Son bébé pleure. Elle le prend dans ses bras. Elle sait qu'on doit faire ça. Le contact avec son corps la fait transpirer. Le serrer ainsi, dans la chambre d'enfant sans clim, devient insupportable. Elle s'efforce de le bercer pour le faire taire. Il serre les poings. Son visage hurlant ressemble à un masque. Sentir sa mère contre lui ne le calme pas. Leurs épidermes se touchent sans se reconnaître. Pas de magie, pas de lien inné des peaux, pas de miracle des odeurs.

— Mais il ne va jamais se taire !

Elle a hurlé.

Ou peut-être pas.

Elle murmure :

— Il ne va jamais se taire.

Elle le tend à sa maid et retourne dans sa chambre. Elle ouvre la fenêtre. Elle observe le monde en bas.

Puis elle ne quitte plus des yeux les nuages.

Les merveilleux nuages.

3

Deuil

Après avoir appris le suicide de cette Indienne, je suis restée dans un état de torpeur pendant une demi-journée. Quand je suis parvenue à m'en extraire, il pleuvait. Il a plu deux heures durant avant que je puisse sortir. J'attendais derrière la vitre comme un lion en cage. J'avais remis la clim en marche. À nouveau, les contours du monde redevenaient nets. Je refusais toujours d'appeler Salma ou l'Arabe, comme si je vivais un deuil personnel qu'il m'était trop douloureux de partager.

Des éclairs zébraient le ciel juste en face de moi. La foudre tombait tout près. La pluie était si forte qu'elle décrochait des palmes et des branches. Je comprenais, en observant le ruissellement du monde à travers la fenêtre, ce que pouvait signifier le mot « déluge ». L'épisode biblique prenait forme dans mon esprit. La pluie d'ici aurait pu engloutir le monde. Recouvrir des siècles d'histoire, de bâtiments érigés par les hommes, noyer leurs cimetières, balayer leurs créations les plus solides. Des civilisations entières, abîmées dans les eaux de pluie jaunâtres.

*

Dès que le ciel est redevenu blanc, je me suis précipitée dehors. Je suis sortie me promener dans le jardin botanique. Autour de moi, les arbres dégouttaient lentement. La terre était gorgée d'humidité. L'odeur de pourriture remontait du sol. Elle avait un parfum entêtant.

J'ai emprunté un chemin minuscule, entre les frangipaniers. Je reprenais peu à peu haleine. La course jusqu'au jardin avait calmé ma claustrophobie. Penchés vers mon visage, les pétales des fleurs étaient d'un rose si pâle qu'il paraissait blanc. Mais leur cœur se teintait d'un jaune délicat et il me semblait que ce secret s'adressait à moi seule. Le chemin débouchait sur un rectangle composé de quatre étangs. De l'eau sombre pointaient trois fleurs de nénuphar. Leur bleu tirait sur le mauve. Une libellule pourpre s'est posée au centre du premier.

Dans ma tête, obstinément, l'Indienne se jetait par la fenêtre. Pour la faire disparaître, je me suis arrêtée devant un arbre immense. Son tronc avait des cavités à travers lesquelles on apercevait l'herbe, des morceaux de ciel gris, d'autres arbres. Ses racines s'étendaient, à ras de terre, sur plusieurs mètres. L'une de ses branches avait poussé à quelques centimètres du sol. Un panneau indiquait son nom : *Tembusu tree*.

Un papillon s'est posé sur une goutte de pluie. J'ai attendu que se dissipe le visage de l'Indienne. Son ombre s'insinuait partout, sur le tronc des arbres, les pétales des fleurs, l'herbe du parc. J'ai contemplé une feuille rouge, les cygnes qui glissaient sur le lac. En vain. Elle se jetait par la fenêtre.

*

Je suis rentrée au condo. Je me suis assise sur la terrasse. J'ai regardé les palmiers. Des oiseaux jaunes passaient de temps en temps. Je laissais mon livre mûrir. Il pourrait m'apporter la consolation. Des phrases surgissaient du néant :

Un monde nouveau se crée, fugace et brûlant.
Une large entaille creusée dans la nuit.

À cause de la chaleur, je n'avais pas le courage de monter l'escalier pour aller chercher mon carnet et un crayon. Je ruisselais déjà. Un brouhaha s'est détaché lentement, dans mes perceptions. Le bruit de l'aspirateur. Derrière, Fely se penchait vers le sol, l'air concentré, Louise accrochée à la hanche comme un petit babouin. Alexandre est rentré. J'ai arrêté Fely d'un geste de la main :

— Tu veux un thé ?

Fely secoue la tête négativement. Je vais dans la cuisine, j'en sors deux tasses et du thé vert. Je fais bouillir l'eau.

— Dans les pays chauds, il faut boire des boissons chaudes. C'est ce que boivent les Berbères, dans le Sahara.

— Yes, m'ame.

Je tends une tasse à Fely. Elle me remercie. Elle pose la tasse sur la table et continue à passer l'aspirateur.

Je prends Louise dans mes bras. Une impression de bien-être me parcourt, se dissipe progressivement, s'évanouit. Aussitôt, l'enfant se tortille pour s'extraire de mes bras. Alexandre éteint sa tablette électronique pour saisir sa fille. Il la fait sauter en l'air plusieurs fois, puis la hisse pour qu'elle puisse atteindre les cordons du ventilateur. Louise observe les trois panneaux de bois qui tournent de plus en plus vite. Elle tire plusieurs fois sur le cordon. Alexandre la tient à bout de bras. Louise se suspend aux fils et profère un son guttural. Je sursaute. Le son se reproduit plusieurs fois. Alexandre se tourne vers moi, il semble transporté de joie :

— Tu as entendu ? Elle vient de rire.

Fely n'a pas touché à sa tasse.

*

Plus tard, le soir, Fely nous a préparé un plat qui a l'apparence des pâtes à la bolognaise. En les goûtant, nous constatons qu'elles sont sucrées. Alexandre parle peu. Il profite de ce que je vais chercher du sel dans la cuisine pour jeter un œil à ses mails. Il retourne s'asseoir. En piquant dans son assiette, il fait tomber une pâte par terre. J'explose :

— Tu peux pas faire attention !

Il relève les yeux vers moi. Nous sommes sur la terrasse. Il contemple la pâte, il la saisit et la jette dehors d'un geste nonchalant.

— Et voilà.

Puis il me regarde vraiment. Il demande :

— Qu'est-ce que tu as ?

Je me cherche une excuse parce que je sais qu'on ne s'énerve pas pour une pâte.

— Une Indienne s'est suicidée. Elle s'est jetée du douzième étage.

— Tu la connaissais ?

La colère m'a embrasée puis s'est éteinte. J'étais prise au dépourvu. J'ai longtemps considéré la réponse à faire avant d'éclater en sanglots.

4

Fely

Nous avons embauché Fely sans la rencontrer, dans une agence de domestiques en ligne. Un mois avant notre départ, Alexandre m'a expliqué que nous allions devoir recruter une maid. Si je souhaitais continuer à écrire, nous n'avions pas le choix. Impossible de faire garder le bébé autrement. Pour les crèches, privées et hors de prix, il faudrait attendre les dix-huit mois de l'enfant. Je n'ai pas répondu. J'étais enceinte jusqu'au cou, épuisée. Anticiper notre arrivée me paraissait une épreuve insurmontable. De toute façon, Alexandre avait toujours pris en charge l'aspect concret de notre existence, même si, cette fois, il a tenu à me faire participer au choix.

Sur l'agence en ligne, il nous a fallu sélectionner au préalable quelques critères majeurs : sa nationalité, sa tranche d'âge, sa religion, son statut marital et son niveau d'éducation. Ensuite, l'agence affichait divers profils. Nous avons cliqué au hasard sur la septième de la liste.

À côté de la photo étaient indiqués son nom, Fely Amarador, et plusieurs éléments d'information. Nationalité : philippine. Date de naissance : 23 septembre 1983. Lieu de naissance : Iloilo City. Salaire envisagé : 350 SGD, environ deux cents euros. Desiderata : un jour de congé par mois. Taille : 150 cm. Poids : 39 kg. Religion : catholique. Statut marital : célibataire. Enfant : 0. Éducation : bac + 2. Langue anglaise (bon niveau).

Suivaient une liste de différentes tâches domestiques et le nombre d'étoiles qu'elle obtenait. Quatre étoiles en « soin pour les personnes âgées », trois en « soin pour jeunes enfants », trois en cuisine. Dans la rubrique « autres informations », on apprenait grâce à une encoche verte qu'elle acceptait de manger du porc, de s'occuper d'un chien ou d'un chat, de faire du jardinage, d'effectuer des travaux de couture, de travailler pendant ses jours de congé et de laver la voiture.

Ensuite, nous avons passé un entretien téléphonique de cinq minutes entre la France et Singapour. Alexandre a posé quelques questions que j'écoutais sur le haut-parleur :

— Vous vous êtes déjà occupée d'un nouveau-né ?

— Oui, monsieur. J'ai élevé mes six petites sœurs.

— Vous aimez ça ?

— Oui, monsieur.

— Vous savez faire la cuisine ?

— Oui, monsieur.

— La cuisine internationale ou exclusivement philippine ?

— Tout, monsieur. J'apprendrai.

— Comment ça s'est passé avec vos anciens employeurs ?

— Ils me battaient, monsieur. Mais ce n'est pas ma faute.

— C'est terrible. Vous allez bien ?

— Oui, monsieur.

— Vous savez que vous pouvez leur faire un procès ?

— Non, monsieur. Pas de procès.

— Vous vous sentez la force de retenter une nouvelle expérience ?

— Oui, monsieur.

— Quand pourriez-vous commencer ?

— Quand vous voulez, monsieur. Aujourd'hui si vous voulez.

— C'est un peu tôt, je suis toujours en France.

Alexandre a esquissé un rire léger.

— Je comprends. Plus tard alors, a-t-elle répondu.

*

Alexandre a quitté Paris en décembre de l'année dernière. Il nous a trouvé un duplex près du jardin botanique. Le condo doit son nom, « Sommerville Park », à sa végétation luxuriante. Dans l'immense rez-de-chaussée en marbre, Alexandre a installé quelques meubles Ikea. Un canapé, une table basse, une table haute et six chaises. À l'étage, il a placé un lit et un bureau pour moi. Comme il n'est pas doué pour la décoration, il a tout choisi de la même couleur. Blanc sur blanc. Je me suis promis d'acheter au moins un tapis et de disposer quelques cadres sur les murs, pour casser l'effet de mirage, mais la langueur m'a envahie et je ne me suis jamais exécutée.

Je suis arrivée une semaine après Alexandre. Pour principal bagage, je portais une petite fille de quinze jours, Louise. Elle pesait sept fois moins lourd que ma valise. Je l'ai tendue à son père, qui l'a prise dans ses bras. Il m'a tourné le dos pour la promener dans l'appartement. Pendant qu'il la conduisait dans notre nouveau chez-nous, il lui chuchotait des phrases au creux de l'oreille. J'attendais leur retour. Quand j'ai entendu se refermer la porte d'entrée, j'ai compris qu'il avait emmené Louise visiter le parc sans moi. Je me suis retrouvée toute seule. Désœuvrée. J'étais entièrement couverte de sueur. Je suis montée prendre une douche. Après, je ne souhaitais plus vraiment porter Louise dans mes bras. Elle aurait trempé mes vêtements propres et j'aurais dû retourner me laver.

*

Contrairement à ce qu'elle avait prétendu, Fely ne savait pas faire la cuisine et elle a mis deux semaines à arriver. Elle était retenue dans un *home shelter*, un foyer où se réfugiaient les maids maltraitées par leurs employeurs. Il a fallu plusieurs jours pour régulariser sa situation, d'autant plus complexe que le foyer avait confisqué son téléphone et que nous ne pouvions pas communiquer avec elle. Puis il y avait des tonnes de paperasses à remplir. Des méandres administratifs auxquels je ne comprenais rien et qu'Alexandre s'est attelé à régler.

Dès que j'ai aperçu Fely, elle m'a fait penser à un chat de gouttière. Elle était d'une maigreur extrême.

Toute petite, comme l'indiquait sa fiche. Des cernes. Ses cheveux attachés en queue-de-cheval. Et l'uniforme des maids : tee-shirt uni et bermuda flottant sur ses pattes décharnées. Elle se tenait devant la porte, sans oser bouger. Elle portait une valise minuscule. Dedans, il y avait toutes ses possessions : trois tee-shirts, deux bermudas, des photos de sa famille, un chapelet et des romans d'amour. Elle les a soigneusement rangés dans un placard.

Sa chambre mesurait environ trois mètres carrés, mais c'était une vraie chambre. Avec une fenêtre. Fely s'en est étonnée. Dans les constructions modernes, le lieu dévolu à la maid est une buanderie aux murs aveugles. Elle a paru heureuse d'avoir un endroit à elle. Pourtant, elle ne disait jamais merci, surtout pas à Alexandre. Elle ne lui adressait la parole que lorsque la situation l'y contraignait. Sinon, quand nous étions trois, elle ne parlait qu'à moi, sans oser me regarder. Elle disait « mom » à la fin de chaque phrase. Au début, j'ai cru qu'elle m'appelait « maman », ce qui m'a paru bizarre. Je lui ai demandé d'utiliser mon prénom. Elle a refusé avec brusquerie. Plus tard, j'ai compris qu'il s'agissait de « m'ame », comme la nounou obèse dans *Autant en emporte le vent*.

J'ai essayé plusieurs fois d'imposer mon prénom, au lieu de cette contraction grotesque, puis j'ai abdiqué. Je sentais en elle une volonté nettement supérieure à la mienne.

*

Les premiers jours, quand je lui adressais la parole, elle tressaillait. Il lui est même arrivé de porter la main à son visage, comme pour se protéger. Ce geste faisait naître en moi un sentiment de culpabilité. Au fond, nous étions du même monde, cette famille locale qui l'avait maltraitée et moi. La classe dominante, celle des exploitants d'outils humains. Fely marchait en rasant les murs. Elle cherchait à se faire oublier. Elle paraissait particulièrement gênée chaque fois qu'elle nous apportait à manger. Elle ne savait cuisiner que les plats philippins. Notre premier menu a consisté en pieds de poule dans une soupe aux épices et à l'huile. Déjà embarrassés d'être servis à table, nous n'avons rien osé lui dire. Sa cuisine était pourtant infecte.

Ses anciens employeurs, des Singapouriens d'origine chinoise, la faisaient dormir dans un placard où elle ne pouvait tenir que recroquevillée en position fœtale. Elle devait se lever deux fois par nuit pour sortir les chiens qui, eux, avaient droit à une chambre climatisée. Elle était payée deux cent quatre-vingts dollars par mois, l'équivalent de cent cinquante euros. Elle n'avait aucun jour de congé. Quand elle répondait, la patronne lui tordait la bouche jusqu'à lui faire de petites entailles.

Avec son téléphone portable, elle avait pris en photo ses oreilles et ses lèvres, après que sa patronne l'avait blessée. Quand je l'ai interrogée sur ses précédents employeurs, elle a tenu à me montrer ces images. On y voyait, en plans si serrés qu'ils devenaient flous, de petites coupures sanglantes. Rien d'impressionnant. Je m'étais imaginé des coups, des bleus, des yeux au beurre noir. Ses écorchures ressemblaient à celles de lèvres très gercées, sans plus. Je me suis beaucoup reproché la déception que j'ai ressentie, bien malgré moi, devant une maltraitance si peu spectaculaire.

*

Fely a été au centre de mes préoccupations durant les premières semaines. J'ai essayé de la mettre à l'aise. Je lui ai acheté des voilages roses pour sa chambre, puis un vase et un bouquet de fleurs en tissu. Je lui ai donné un ordinateur dont je ne me servais plus et je lui ai appris à l'utiliser. Je lui proposais d'appeler sa famille chaque semaine. Je tâchais de lui faire oublier les mauvais traitements. Quand je sortais en ville, je lui rapportais toujours un paquet de gâteaux. Elle le plaçait dans le réfrigérateur. Elle n'y touchait jamais. Elle n'osait peut-être pas se servir, ou bien elle n'aimait pas ça, mais elle ne l'a jamais dit. J'ai tenté de lui offrir de petites choses, un porte-monnaie ou une crème hydratante. Sans plus de succès.

Puis, à mesure que la chaleur m'abrutissait, je lui ai laissé l'ordinateur mais j'ai arrêté les cours. J'ai cessé de lui proposer des gâteaux. Fely est devenue une toile de fond de mon existence.

Quand elle a violemment fait irruption au premier plan, je l'avais presque oubliée.

5

Alexandrie

— Tu ne t'étais vraiment rendu compte de rien, à propos de Fely ? me demande Salma.

— Sur le moment, non. De rien. Je ne faisais plus assez attention à elle. Plus tard, je me suis souvenue…

Plus tard, je me souviendrai de la nuit d'encre de son regard.

Mais pour l'heure, l'impression s'estompe. Je suis happée tout entière par l'apparition qui, à l'autre bout de la piscine, vient de se matérialiser.

Celle de l'Arabe blond.

*

Nous sommes le 1er juillet, sept mois après notre arrivée, et j'entame mon cinquième verre de champagne. Autour de moi, les silhouettes des Philippines et celles des expats se muent en brouillard. Seul le vert de l'herbe et des feuilles ressort du tableau, ainsi que le bout incandescent de la cigarette de Salma. Les palmes étincellent. Il n'est pas loin de midi. Nous sommes emprisonnés dans la lumière blanche.

D'abord, il y a l'œil miroir de Fely qui reflète ma déroute. Puis la pupille rétrécit. Fely concentre son attention sur un point éloigné. Je suis la direction de son regard. Il se tient de l'autre côté du bassin, près de Rajagopal.

Il s'avance vers nous pour se présenter. Les rumeurs s'élèvent aussitôt. C'est lui, le nouveau Français du condo. C'est pour lui qu'on a sorti le champagne. Il s'excuse de son retard. Il serre la main des hommes et embrasse les femmes. Je ne peux plus me détacher de lui. Il a salué tous les Français qui se tenaient sur le bord. Je me demande s'il va se contenter de m'adresser un signe de loin.

Il est vêtu d'un jean et d'une chemise froissée. Ses cheveux blonds tombent en vagues sur son front. Il les repousse de la main. Une main longue, aux doigts fins et à la paume large. Sous les mèches, les yeux ont la couleur des palmes. Sa peau. Sa bouche est ourlée comme celle d'une fille. Il me dévisage. Je fais quelques pas en arrière pour me trouver bien au centre de la piscine. Il déboutonne sa chemise. Ses abdominaux ont un dessin net, son torse est imberbe. Un duvet de poils apparaît furtivement sous son aisselle. Il laisse retomber ses bras. Le duvet disparaît. L'Arabe blond se baisse légèrement pour enlever son jean. Il porte un maillot de bain. Il saute dans l'eau sans hésitation. Des gouttes éclaboussent ses épaules. Il marche vers moi d'un air grave. Je vois l'anneau d'or qui brille à son oreille. Puis, arrivé à ma hauteur, il écarte les lèvres dans un sourire :

— Bonjour. Je m'appelle Nessim.

Rien dans son apparence n'évoque ses origines.

Malgré moi, je pense Égypte, je pense *Quatuor d'Alexandrie*. Les ennuis commencent toujours là, quand on veut rendre les autres plus vastes qu'ils ne sont, quand on les transforme en littérature.

Il immobilise mes épaules de ses mains. Des visions inadéquates s'interposent entre lui et moi. Fessées, peau marbrée de rouge. Il se penche et m'embrasse trois fois sur les joues. Il sent le tabac et Bel Ami, un parfum que je croyais disparu.

Quand son visage s'est détaché et qu'il n'a plus été l'unique paysage, j'ai croisé le regard de Fely. Elle me scrute. Même lorsque la situation n'a rien d'exceptionnel, il est fréquent que je la surprenne en train de m'épier, sans parler, sans sourire, avec une grande attention. Aussitôt, elle enfile son sourire comme on remet un vêtement. J'ai toujours su qu'elle m'observait. Surtout quand je nage. Elle suit chacun de mes mouvements. Mon corps, mes bras, mes cuisses. Elle n'a jamais appris. Elle essaie d'enregistrer pour plus tard, quand elle sera rentrée aux Philippines et aura le droit de retourner dans l'eau. Une autre fois, je l'ai surprise en train de caresser mes vêtements. Comme nous marchons dans la maison sans chaussures, elle ne m'a pas entendue entrer. Elle avait apporté le linge propre, soigneusement plié, et l'avait posé sur le lit. Au lieu de le ranger, elle le détaillait. Puis j'ai vu glisser le dos de sa main, furtivement, sur une de mes robes. Quand elle s'est aperçue de ma présence, elle a poussé un cri. Elle s'est mise à rire. Ce qui a eu lieu ensuite n'avait rien pour me surprendre. Les signes annonciateurs s'étaient accumulés.

Ludivine aussi me scrutait. Ses gros yeux bleus ne nous quittaient pas. Ils allaient de Nessim à moi. Son iris était si pâle qu'il paraissait sans fond. Aussi inconsistant que les nuages blancs qui se défaisaient au-dessus de nous. Deux caméras filmaient la piscine. Il n'y avait guère qu'Alexandre à nous tourner le dos. Il tenait Louise dans ses bras.

*

Après, l'Arabe blond rebrousse chemin. Il parcourt à nouveau la distance qui va de moi au bord de la piscine. J'aperçois le crucifix dans son dos. Un tatouage d'environ dix centimètres, discret. Je le fixe jusqu'à ce que Nessim se hisse sur le bord. Alexandre se tourne vers lui. Il lui dit quelque chose que je n'entends pas. Un rictus que je croyais disparu modifie ses traits, quelque chose comme une joie brève.

L'Arabe blond se penche vers Salma, qui continue à fumer et ne fait aucun effort pour se redresser. Il lui chuchote, apparemment, quelques mots à l'oreille. Je frissonne malgré moi. Elle tire sur sa Marlboro. Elle esquisse un hochement de tête presque imperceptible en direction de l'Arabe. Seul signe qu'elle a remarqué sa présence. Je reste au milieu du bassin.

Rapidement, l'Arabe enfile son jean et en sort un paquet de cartes. Il repousse ses mèches. Il se lance dans une conversation animée. Alexandre et Jean-Louis s'assoient. L'Arabe distribue les cartes. Il pose son jeu face contre la table et le couvre de sa main droite. Alexandre prend son jeu en faisant sauter Louise sur ses genoux. Il l'embrasse sur les tempes.

Elle profère à nouveau ce son que j'identifie maintenant comme un rire.

Je finis par sortir du bassin. Je vais m'asseoir tout près d'eux. Alexandre relève la tête puis la rabaisse sur ses cartes. Sa jubilation, quand il dévoile sa paire de huit, est celle d'un petit garçon. Une autre fois, peut-être lors d'une autre partie, plus tard, Alexandre a un brelan de dames. Je retrouve sur son visage des expressions oubliées. L'Arabe ressuscite à son insu des fragments de mon passé.

En observant les gouttelettes qui s'évaporent sur sa poitrine, je me souviens des rues du Caire, poisseuses, sales et obscures, odorantes et moites. Des rues que j'ai longtemps arpentées en imagination au fil du *Quatuor*.

6

Poker

Fin août, il y a eu cette partie de cartes à la maison. Autour de la table, il y avait Jean-Louis, Max, François, Alexandre et Nessim.

Au début, j'étais restée sur la terrasse avec Salma. Enfoncée dans un fauteuil, j'enchaînais les verres de vin en l'interrogeant sur sa prochaine campagne de publicité pour des escarpins. Elle parlait lentement, avec un sourire paisible :

— Aucun être humain ne peut marcher avec des talons de douze centimètres. Et pourtant, tu verras, les ventes vont exploser. Ils pourraient leur foutre des clous dans la semelle, ça cartonnerait pareil.

— Pourquoi ?

— Je vais leur montrer qu'avec ces pompes aux pieds elles se moucheront dans les nuages.

— Ça ne t'ennuie pas de participer à la grande foire phallocrate des pubards ?

— Mais non, il n'y a rien de phallocrate là-dedans. Les hommes se comportent de façon tout aussi irrationnelle et prévisible. Les ornements diffèrent, mais leur connerie possède les mêmes caractéristiques. Et a les mêmes causes. Au lieu d'accepter leur portion d'univers, leur petitesse, ils ne cessent de gonfler leurs muscles. Ils se déplacent aux quatre coins du globe. Ils veulent s'étendre, s'élargir, s'enfoncer. Dépasser toujours davantage les frontières que le hasard nous a accordées.

Elle se penche vers moi brusquement. Elle ne prend pas la peine de baisser la voix :

— C'est pour ça que tu fréquentes cet Arabe blond.

Elle désigne du doigt, sans le regarder, Nessim qui joue derrière la vitre. Je la supplie de parler moins fort. Elle poursuit sur le même ton :

— L'illusion de voyager.

— Oui, le goût de l'aventure. De la nouveauté. Je ne vois pas ce qu'il y a de répréhensible. Qu'est-ce que tu proposes, toi ? Rester dans le même coin d'univers et attendre qu'il se passe quelque chose ?

— Exactement. Pour être précise : m'asseoir sur une chaise, sous un auvent, et attendre la mort.

Elle a ri. Et elle a changé de sujet.

*

Côté salon, les femmes discutaient en employant des mots inconnus : denim ou liberty. Je n'avais pas la moindre idée de ce que cela signifiait, et je m'en moquais éperdument. De temps à autre, je me levais de mon siège pour faire quelques pas. Salma se moquait de mon agitation. Je m'efforçais de ne pas m'approcher de Nessim pour ne pas éveiller les soupçons. Ludivine ne nous quittait jamais des yeux.

— Je passe, dit Max.

— Dix, dit Jean-Louis.
— Onze, dit François.
— Douze, dit Alexandre.
— Cinquante, dit Nessim.

Elle suivait mes mouvements, mes gestes. Comme Fely. Je tentais de ne pas me trahir. Je savais que notre secret était provisoire. Bientôt, Nessim et moi partirions ensemble. Nous avions juste besoin d'un peu de temps pour arranger les détails. Le monde était grand ouvert. Il y avait des choix à faire. L'Asie ou l'Afrique, l'Europe, l'Océanie. Nous nous unissions à l'insu de tous dans ces espaces possibles, que Nessim ne cessait de réinventer pour nous.

Pour ne pas me trahir, je contemplais le sol en l'écoutant. Il avait l'intonation grave et douce, des tremblements imperceptibles. Sa voix me rappelait des voix oubliées. Elle faisait naître des mirages.

— Je passe, dit Jean-Louis.
— Je suis sûr qu'il bluffe, dit Alexandre.

*

Malgré la chaleur, j'ai marché jusqu'à eux. Je me suis posée sur la chaise vide. Dans le coussin moelleux. Même le dossier semblait sculpté pour s'adapter à la forme de mon corps. Je me suis enhardie jusqu'à relever la tête à la hauteur du jeu. On pouvait croire que je m'intéressais aux cartes qu'il abattait sur la table.

Je ne leur prêtais aucune attention, absorbée entièrement par le dos de ses mains. Les nerfs y formaient des canaux. J'y voyais se dessiner des fleuves. L'eau stylisée ne tardait pas à se transformer en eau vive. Elle coulait en torrent, se ramifiait, grossissait. Elle devenait océan, rivière, canal, source et fontaine. Je me laissais dériver au gré du courant. Là où se croisaient les veines, j'imaginais l'embouchure de la Loire. À certains endroits où elles étaient moins apparentes, coulait pour moi le Mékong.

— Nessim, tu bluffes, répète Alexandre.

— Pourquoi tu ne paies pas pour voir ? demande Nessim.

Je redresse la tête, intriguée par le ton qu'a employé Alexandre. Je rencontre les yeux de mon mari. Des yeux marron, immenses, aux cils de femme. J'y retrouve une expression ancienne. D'abord, je ne sais plus l'interpréter. Elle n'a pas reparu depuis si longtemps.

Je commence par la prendre pour de l'exaspération. Réminiscence inattendue. Celle des accès de colère d'Alexandre. Nous venions de nous rencontrer. J'avais à l'époque ce privilège de susciter chez lui des sursauts de violence. Une violence brusque, jaillissant comme un feu. Incapable de l'assouvir par des mots, il attrapait un objet, n'importe lequel, et le lançait à toute volée contre le mur. S'il ne se brisait pas avec assez de fracas, il en saisissait un autre. Jusqu'à trouver le support adéquat à sa colère, celui qui se casserait en mille éclats, dans un tonnerre assourdissant. Sa colère s'estompait aussitôt. La destruction de l'objet l'étanchait entièrement. Il revenait et enfouissait sa tête entre mes jambes. Il ne parlait toujours pas. Je caressais ses cheveux.

Mais je me trompe, il ne s'agit pas de colère. Comme une langue qu'on oublie à force de ne plus la pratiquer, je ne sais plus si bien lire la physionomie d'Alexandre. Je me concentre pour en retrouver la traduction.

*

— Je sais que tu bluffes !

Nessim abat ses cartes. Il a un carré d'as. Alexandre bondit :

— Tu as triché ! C'est impossible !

Ludivine s'est levée. Elle ne veut pas perdre une miette de l'affrontement. Elle va de Nessim à mon mari. Puis, sans prévenir, elle se plante devant moi. Dans son regard, je lis qu'elle a compris. Je bats en retraite dans la cuisine. Fely se retourne :

— Vous voulez quelque chose, m'ame ?

Je ne sais pas quoi répondre. J'ai l'impression que Ludivine ou Fely sont des filets tendus autour de moi. Je secoue la tête :

— Non. Si. Un café.

— Je vais le faire. Vous pouvez retourner au salon. Je vous l'apporte.

J'apparais et m'efface au fond de son iris, au rythme de ses battements de cils. Je ne réponds rien. J'hésite un instant sur le seuil, avant de reculer.

*

— Tu triches, répète Alexandre.

Nessim se contente de lui sourire. Il répond :

— J'ai gagné.

Et Alexandre a cette expression ancienne, devenue pour moi impénétrable. À première vue, on pourrait la prendre pour de la haine.

7

Extases

— Pourquoi lui ?

— Je ne sais pas… Par goût du voyage. Ou à cause de la chaleur. À force de rester chez moi toute la journée, à l'abri de la canicule et du monde, je commençais à brasser des idées bizarres…

Salma hoche la tête, comme pour m'encourager à poursuivre. Elle m'a invitée à prendre un verre à One North Residences, dans son condo ultramoderne situé dans le sud-ouest de l'île. Tours de verre disposées autour d'une piscine design, en contrebas. Au quinzième étage, où nous sommes assises sur des chaises longues, un toit-terrasse domine la ville. Ce qu'ils appellent un *sky garden*, un jardin céleste entouré par une piscine à débordement, où l'eau donne directement sur le ciel.

— … Des obsessions érotiques.

*

Depuis mon arrivée à Singapour, je suis saisie d'une indolence qui ressemble à de l'ennui. Pour faire passer les heures, je feuillette mon dossier d'où les écorchés ont disparu. Je retombe sur d'autres images oubliées. Il s'agit de photocopies. Des clichés noir et blanc, appartenant à la collection personnelle de Georges Bataille. On y voit une séquence de torture d'un jeune Chinois. Comme une série de diapositives, sont exposées différentes étapes de la mise à mort.

Il est dix heures du matin. La place des exécutions grouille de monde. Au centre, le supplicié est attaché à un poteau. Il est entièrement nu. Son corps est imberbe, sa silhouette gracile. Il se découpe, par sa blancheur, sur ses bourreaux que les clichés noir et blanc restituent en masse sombre. Le décret impérial stipule : « Les princes mongols demandent que le nommé Fou-Tchou-Li, coupable de meurtre sur la personne du prince Ao-Han-Ouan, soit brûlé vivant, mais l'empereur trouve ce supplice trop cruel et condamne Fou-Tchou-Li à la mort lente par le découpage en morceaux. Honneur à cette décision. » Il s'appelle Fou-Tchou-Li, il a vingt-cinq ans.

Les photographies sont étalées devant moi. Je retarde le moment de les examiner à nouveau — ça fait quinze ans que je ne les ai plus revues. J'imagine l'autre supplice, celui qui n'a pas eu lieu. Fou-Tchou-Li est au centre de la place, attaché et nu. Un jour passe, où il est exhibé à la foule. Puis, quand vient le soir, on le brûle.

J'ose un regard, un seul, vers les photocopies. Le jeune homme est tourné vers l'objectif. On lui a tranché le sein gauche. L'entaille est ronde, large. La qualité de ma photocopie est mauvaise. On ne parvient pas à déchiffrer son expression. On sent juste qu'il fixe le photographe. Aucune marque de souffrance. Son front est détendu, ses lèvres closes.

Maintenant que j'ai contemplé la première image, je suis happée par les autres. Sur la reproduction suivante, ils lui ont arraché les bras. Il sourit. Sur celle d'après, ils lui ont coupé le sein droit. Il se tourne vers le ciel. Autour de lui, les hommes ont l'air soucieux. Sur la dernière photo de la série, sa jambe gauche est tranchée à mi-cuisse. Les bourreaux s'attaquent à la droite. Leurs yeux sont dirigés vers le bas — le membre en train de céder, la chair en train de se déchirer. L'apparente fermeture du corps, sa finitude menteuse, en train de voler en éclats. Révélant ce que nous savions tous : sa fragilité, sa perméabilité. À mesure qu'ils scrutent toujours plus bas, vers le sol, Fou-Tchou-Li a renversé la tête en arrière. Aspiré par les nuages. Au-dessous, Bataille écrit : « Le jeune et séduisant Chinois dont j'ai parlé, livré au travail du bourreau, je l'aimais d'un amour où l'instinct sadique n'avait pas de part. »

*

On frappe. Fely passe son visage par la porte :

— Tout va bien ? J'ai entendu du bruit.

— J'ai cassé mon verre. Ce n'est rien.

— Je vais ramasser les morceaux.

Fely s'avance vers mon bureau. Elle remarque à peine les images de torture. Elle se penche vers le sol. Je m'accroupis près d'elle. Nos doigts se rencontrent par inadvertance. Nous rassemblons les éclats. Quand les plus gros sont à la poubelle, Fely va chercher l'aspirateur. Elle aspire dans mon dos pendant que je feins de taper des mots sur mon ordinateur. Finalement, je reporte une autre citation de Bataille pour lui faire croire que je travaille : « Ce cliché eut un rôle décisif dans ma vie. Je n'ai pas cessé d'être obsédé par cette image de la douleur, à la fois extatique et intolérable. »

Alors que je me demande où ils mettent les morceaux du jeune Chinois, j'aperçois un panier sur l'image, aux pieds du bourreau. Les pièces de viande y sont entassées.

Quinze jours après l'exécution, le supplice des « Cent morceaux » était aboli. J'ai une pensée pour tous ces derniers morts — le dernier mort dans les camps, le dernier soldat tué avant l'armistice, le dernier condamné à mort avant l'abolition de la guillotine… Une pensée brève, autant qu'inutile.

*

Plus tard, un autre jour, je roule à cent quarante, cent soixante, cent quatre-vingts kilomètres à l'heure. Je pourrais aller jusqu'à trois cent vingt-cinq mais je ne veux pas prendre le risque d'être arrêtée avec la Ferrari de Jean-Louis.

C'est une Aurea GT jaune. Son moteur fait cinq cent un chevaux. Il est si puissant qu'il ne lui faut pas plus de trois secondes neuf pour passer de zéro à cent kilomètres à l'heure. Le bruit de l'accélération m'enivre. Chaque fois que je croise des voitures de ce type, je baisse ma vitre pour entendre pleinement le rugissement du moteur.

Les paysages défilent si vite autour de moi que je ne distingue plus qu'une traînée noire qui me rappelle la chevelure de Salma.

Le monde passe derrière ma vitre, et je me remémore ma première rencontre avec elle, trois mois après notre arrivée, en mars. Le musée des Arts et des Sciences venait d'ouvrir ses portes. Il se déployait comme une fleur de lotus blanche ou une main ouverte, sur l'eau de la rivière Singapour. Chaque pétale, ou chaque doigt, selon ce qu'on voulait y voir, possédait une ouverture qui éclairait vingt et une galeries. Toute l'eau utilisée dans le bâtiment provenait de la pluie.

Je descends au sous-sol, à l'exposition Van Gogh. Les salles sont desservies par un couloir circulaire, entourant un espace ouvert garni de tables et d'un bassin rond. Je traverse le couloir au pas de course et retombe sur mon point de départ. Je commence un second tour. J'ai l'impression d'avoir été piégée dans un rêve, avec ce chemin qui me ramène obstinément sur mes propres traces. Soudain, comme par magie, j'aperçois sur le côté deux rideaux noirs. Je dévie ma trajectoire, écarte les rideaux. J'entre.

Des peintures de Van Gogh sont projetées sur la totalité des murs ainsi que sur le sol. Elles atteignent une hauteur de trois ou quatre mètres. Je marche au milieu des représentations, qui changent sans arrêt sur un air de musique classique. La salle est plongée dans l'obscurité. C'est ainsi que nous entrons en collision.

D'abord, j'ai l'impression douloureuse que le personnage d'une peinture vient de se matérialiser et de me rentrer dedans. Elle apparaît, comme si elle se détachait de la projection lumineuse. Ses longs cheveux auburn se mêlent au paysage d'automne derrière elle. Ses yeux sombres et bleus, comme le ciel de *La Nuit étoilée*. Elle ne s'excuse pas. Je lui lance :

— Vous pourriez faire attention. Vous avez failli me faire tomber !

Elle me fixe toujours. Derrière elle se dessine l'autoportrait de Van Gogh qui, paraît-il, représentait en fait son frère Théo. Elle sort de sa torpeur. Elle répond :

— Vous n'avez pas fait attention non plus.

Elle s'approche. L'espace d'un instant, je crois qu'elle va me gifler. Puis, ça passe. Je lui souris :

— Désolée, j'avais la tête dans les peintures.

— Moi aussi.

Nous avons cheminé toutes les deux, sans parler, perdue au cœur de la forêt d'images. Nous sommes sorties. Sans nous concerter, nous sommes à l'Indochine, un restaurant au bord de la rivière. Nous avons pris un café.

Pour la première fois, je ne ressentais pas le besoin de meubler les silences. Elle avait des manières douces et lentes. Quand elle avait trop chaud, elle sortait de son sac un éventail en tissu orange, qui avait une étrange forme courbée. Elle l'agitait devant elle avec mollesse. Elle enchaînait les cigarettes. La fumée sortait de son nez. Elle arborait sa nonchalance comme une parure. Je lui ai demandé comment elle avait échoué à Singapour. Elle a répondu sans détour :

— Mon mari et moi, on avait ce petit garçon de deux ans, Ethan. Il a eu un cancer du système lymphatique. Quand il est mort, j'ai suivi mon mari. J'ai pris ma chaise, mes trente et quelques années de vie, mes souvenirs, et je les ai posés ici.

Elle marque une pause. Elle allume une nouvelle cigarette.

— Mais j'ai fini par comprendre qu'au fond rien de tout cela n'importait. Alors, je me suis débarrassée du superflu : mon mari, ma maison, ma télé. Je n'ai gardé qu'une chaise. C'est plus pratique pour s'asseoir.

8

Moiteurs

Salma m'observe derrière la fumée de sa cigarette. Elle fronce très légèrement les sourcils. Dans mon histoire, quelque chose lui échappe. Elle cherche à mettre le doigt dessus, elle hasarde :

— Qu'est-ce qu'il avait de plus qu'un autre, ce Nessim ? Qu'est-ce qu'il avait de plus qu'Alexandre, par exemple ?

*

En réfléchissant à une réponse qui la satisfasse, je me souviens de cet après-midi-là avec l'Arabe blond. C'était peut-être les premiers jours du mois d'août, un mois après son arrivée. En plein cœur de la saison sèche. Le thermomètre avait grimpé à trente-cinq. On ne pouvait plus sortir entre dix et dix-sept heures tant il faisait chaud. Tout le monde s'enfermait dans des pièces où l'air conditionné fonctionnait à plein régime.

Je suis sortie de l'immeuble pour rejoindre un taxi. Les deux mètres pour l'atteindre ont suffi pour que mon front se voile de sueur. À l'intérieur, la climatisation ventilait un air glacé. J'ai frotté mes bras pour les réchauffer. Autour de moi, la Singapour urbaine. J'aperçois sur ma droite, au sud de la rivière, Chinatown et ses *shophouses*, petits immeubles multicolores de deux ou trois étages. Les lampions rouges. Les gratte-ciel du quartier des affaires, le Central Business District. Sur la rive nord s'étend le Colonial District avec ses hôtels et ses centres commerciaux. Les bords de la rivière abritent les lieux à la mode de la nuit singapourienne — Boat Quay, Clarke Quay, Robertson Quay. Bars, discothèques branchées. Plus loin au nord, il y a le quartier de Little India. L'autre Singapour, peuplé d'hommes, des ouvriers pauvres du Bangladesh, du Sri Lanka et d'Inde. Venus ériger les tours triomphantes de la cité-État, ils se retrouvent le soir à Little India, sans leurs compagnes restées au pays. Ils boivent des bières assis sur les trottoirs, en regardant en silence les rares femmes qui passent dans les ruelles. Les devantures couvertes de rideaux sombres cachent des bars à putes. Little India jouxte le quartier musulman de Singapour, Kampong Glam, quelques rues autour de la « mosquée du sultan » au dôme recouvert d'or.

Le taxi m'a arrêtée devant le Marina Bay Sands. Singapour n'a pas érigé une tour de Babel, elle en a édifié trois. Elles ont poussé comme des tiges de fleur jusqu'à atteindre chacune cinquante-cinq étages. Des ouvriers, venus de Malaisie dans des camions bâchés, s'y relayaient tard dans la nuit. Dehors comme dedans règne la démesure. Un bâtiment de huit milliards de dollars. Dans les tours, un casino de quinze mille mètres carrés sur quatre étages. Plus de mille tables de jeu. Deux mille cinq cent soixante et une chambres d'hôtel. Les trois tours se rejoignent au sommet par un toit en forme de paquebot. En haut, une terrasse de plus d'un hectare, appelée *skypark*, « parc céleste ». Sur cette terrasse se trouve la plus longue piscine en altitude du monde. Elle mesure plus de trois cents mètres de long avec un débordement de cent quarante-six mètres.

Le paquebot dans les nuages domine Singapour de toute sa splendeur. De là-haut, on voit les lumières de la ville. Ses centaines de tours dressées. Les étendues vertes des parcs et des réserves naturelles. Sur les eaux de la Singapour se reflète le gigantesque lotus abritant le musée des Arts et des Sciences. L'édifice diffracte ses doigts de métal sur la surface noire de la rivière. Plus loin, un pont-promenade relie le Marina Bay Sands à l'Esplanade. Sa structure en fer et en verre se déploie en hélice, mimant un brin d'ADN enroulé autour des promeneurs. Au bout du pont, le théâtre de l'Esplanade, composé de deux bâtiments en forme de durian, plaques d'aluminium hérissées d'écailles brillantes. Les figures géométriques réfléchissent les lueurs du jour.

Nous avons rendez-vous dans une chambre donnant sur la baie. De là-haut, on voit toute la Marina. Les néons des tours et les pétales du lotus semblent couler au fond de la rivière. Nous mangeons par terre, des sandwichs arrosés au champagne. Je repousse la mèche blonde sur son front. Ses yeux couleur de palme apparaissent. Ils sont si étonnants qu'on voudrait retarder le moment de les voir. Les garder pour plus tard.

— Tu viens d'où pour avoir ce visage ?
— Je viens de Tizi Ouzou, en Kabylie.
— Quand es-tu arrivé en France ?
— Après l'indépendance. Mon père était harki. On ne peut pas dire que les Algériens se sont battus pour le garder. Évidemment, la France ne s'est pas battue non plus pour l'accueillir. Mais il s'est accroché au béton de son HLM. Ils n'ont pas réussi à l'en faire sortir. J'ai grandi à Nanterre. Et toi ?
— Libreville. Puis Nantes. Et Paris, pour mes études. Et ici pour… je ne sais pas encore pour quoi.
— Ça en fait, des kilomètres.

Il a caressé ma joue. Quand sa peau a touché la mienne, j'ai eu l'impression de la reconnaître. Je me suis demandé si la distance entre deux êtres se mesuraient à la distance entre leurs corps. Je me suis approchée encore. J'ai approché la main de son sexe. Il se tendait entre les poils qui, à cet endroit, avaient des teintes automnales. J'ai penché mon visage vers lui et j'ai posé ma tête sur sa cuisse.

*

Contre ma joue, la peau était tendre, d'un blanc de lait. Enfouie entre les plis, j'ai fermé les yeux. Les images se pressaient. Je prenais un train à travers l'Europe. Les paysages derrière la vitre, innombrables. La nature, la zone industrielle, la ville, la nature, la zone industrielle… J'allais plus vite que les longs nuages indolents. Parfois, la pluie battait la fenêtre. Je laissais défiler dans mon esprit tous les moyens que l'on utilise pour partir. Le hublot de l'avion. La mer. Je dépassais les moutons gris qui bouffaient le soleil et j'arrivais en pleine lumière. Je redescendais vers un aéroport minuscule, celui de Pulau Tioman, entouré de fleurs roses. Deux Malais nous attendaient sur une barque. Ils avaient trafiqué dessus un moteur de mobylette et on partait rejoindre un autre coin de l'île. Prague en bus. L'auberge de jeunesse en haut d'un ancien bâtiment communiste, le portier et ses dreadlocks crasseuses. La Pologne avec un billet InterRail. La nuit sur la banquette déchirée du train. Israël et Palestine en voiture. Dôme de la mosquée. Soldats de dix-huit ans. Soleil blanc. Cascades de sel sur la mer Morte. Contact huileux de l'eau.

J'ai ouvert les yeux. J'ai tendu les lèvres pour baiser la peau ici, juste au niveau de l'aine. Un frisson a parcouru son épiderme, si fin qu'on aurait dit un mouchoir de coton. À cet endroit, la frontière entre Nessim et moi paraissait si ténue…

Finalement, j'ai pris son sexe dans ma bouche. J'ai eu envie de le mordre pour m'approcher encore. J'ai sucé le gland fragile. Son corps s'ouvrait, il s'écartait tout entier. J'alternais la lenteur et la fébrilité. Il s'était penché en arrière, vers le plafond. Il se crispait sporadiquement dans une expression voisine de l'extase et de l'effroi. Je l'ai fait venir. Il s'est mis à gémir. Un miaulement comme celui d'un chaton perdu.

Après, j'ai écarté mes lèvres. Et j'ai écarté mon visage. Il semblait dormir. Nous étions deux corps, dans une chambre d'hôtel donnant sur la baie.

*

— Avec Nessim, j'avais un sentiment d'urgence. L'impression que ça ne durerait pas.

— Pourtant, dit Salma songeuse, tu ne pouvais pas savoir qu'il allait mourir.

9

Sa mort

L'Arabe blond est mort le 15 septembre, deux mois et demi après son arrivée.

J'étais à la piscine, allongée sur une chaise longue. En laissant errer mon esprit, j'écoutais distraitement les femmes autour de moi :

— Tu sais pas ce qu'elle m'a fait hier ? Elle m'a récuré la table en bois avec du Décap'Four ! Je lui ai dit : « Enfin, Lita, pourquoi tu as fait ça ? C'est écrit sur l'aérosol… » On se demande ce qu'elles ont dans le crâne, des fois.

— Moi, ce qui m'inquiète le plus, c'est les gosses. Je ne laisse jamais Maria sortir avec mon Mateo. Elles n'ont aucune conscience du danger.

— Un jour, je l'ai retrouvée ivre.

— Ce sont de telles gamines…

— Comme je dis toujours à mon mari, j'ai trois enfants à la maison, les deux petits et une ado : notre maid.

J'essayais de me concentrer sur mon roman à venir sans y arriver. En fait, chaque fois que je laissais les écorchés se matérialiser dans mon esprit, je leur substituais le corps de Nessim. Je nourrissais pour lui une obsession érotique. Au lieu de leurs viscères, de leurs nerfs et de leurs os, je voyais le crucifix tatoué dans son dos, je voyais son sexe, je voyais ses mains, je rêvais à ses cuisses et son ventre. Il m'avait expliqué que le crucifix dans le dos correspondait à une superstition de marin. Pour décourager le contremaître de les frapper trop fort quand ils étaient punis.

— Tu as été marin ? lui avais-je demandé.

À la suite de son service militaire dans la marine, il avait traversé l'équateur, navigué en mer de Chine, dans le Pacifique, l'océan Atlantique. Il s'était engagé, disait-il, à cause de l'histoire du *Hollandais volant*. Le bateau fantôme, condamné à errer en mer pour les siècles des siècles, entre le cap Horn et le cap de Bonne-Espérance.

— Nous sommes en 1665. Le navire a du retard. Une tempête immense secoue les eaux du cap de Bonne-Espérance. Les hommes de l'équipage adjurent le capitaine d'attendre. Mais il veut rattraper le temps perdu. Il boit. Il se met à hurler des chansons paillardes. La tempête se fait de plus en plus violente, le capitaine toujours plus ivre. L'équipage refuse de défier les eaux ; il se mutine. Le capitaine sort de sa cabine, il est armé. Il tire sur le chef des mutins. *Bam !*

J'ai sursauté. Nessim a ri.

Il a repris :

— Le capitaine lève le poing et regarde le ciel noir. Il hurle : « Je franchirai ce cap, dussé-je naviguer jusqu'à la fin des temps ! » Depuis ce jour, le *Hollandais volant* navigue sans fin, prisonnier de la toile marine.

*

Donc, ce jour où meurt Nessim, je reste un moment allongée. Puis je me relève, je traîne entre les groupes clairsemés. On est dimanche et tout le monde est là, sauf les maids qui, pour la plupart, sillonnent les centres commerciaux d'Orchard Road.

Salma a promis de passer, mais elle n'est pas encore arrivée. Elle dit qu'elle profite du dimanche pour travailler. Elle réfléchit à sa prochaine campagne de pub qui vantera les mérites d'escarpins au talon de douze centimètres.

Le dimanche, Fely va généralement à la messe très tôt, vers huit heures. Une église catholique réservée aux Philippines. Ensuite, elle rentre chez nous pour se changer. Elle troque son bermuda et son tee-shirt pour se vêtir en « dimanche ». Elle enfile un jean slim agrémenté d'une ceinture rouge, des bottines brillantes ou des chaussures compensées, un tee-shirt moulant avec des inscriptions à paillettes. Elle se maquille et lâche ses cheveux. Puis elle repart sur Orchard Road, la rue de Singapour dédiée à la consommation. Consommation de luxe le plus souvent, Gucci, Vuitton, Prada, Hermès, Burberry, Chanel, le Hilton, Chaumet, Louboutin. Mais pas seulement. Il y a aussi les biens de consommation plus abordables, notamment le matériel électronique et les putes d'Orchard Tower. Et il y a Lucky Plaza. Le centre commercial où toutes les Philippines se retrouvent le dimanche, quand leur employeur le leur donne. Fely y passe sa journée, à discuter et à draguer les travailleurs malais ou indonésiens.

Mais ce jour-là, elle rentre de l'église et décide de ne pas ressortir. Elle a mal à la tête. Elle allume son ordinateur et s'enferme dans sa chambre pendant que je me laisse dériver jusqu'à la piscine.

— Vous savez ce que m'a raconté Lita ? dit Bérangère.

— Sur les voisins anglais, c'est ça ? fait Ludivine d'un air entendu.

— Ils se sont baignés à poil la nuit dernière. Après vingt-deux heures, quand le vieux Rajagopal était parti !

Les rires fusent. Marjorie a un mouvement d'humeur :

— Je vois pas ce que vous trouvez drôle ! Ils sont alcooliques, les pauvres.

Elle arbore un masque fugace d'indignation. En réponse, les visages se chiffonnent pour former une mine attristée.

— Oui, dit Ludivine, ce que je trouve terrible, c'est pour les enfants.

Assentiments. Belles façades de compassion.

— Le pire, ça a été la nuit du Nouvel An. Vous vous rappelez ? À leur retour, le mari a balancé tous les vêtements de sa femme sur le toit. C'est le gosse qui est allé les chercher.

— Il faut dire que ses vêtements n'étaient pas… étaient… hasarde Ludivine.

— Des vêtements de pute, complète Bérangère.

— Et la fois où elle s'est ouvert les veines en plein après-midi, reprend Ludivine. Devant les deux petits.

Elle se redresse et marche jusqu'au bord. Désœuvrées, nous examinons son cul dont la chair pâle et molle rappelle vaguement les nuages. Elle revient avec un chapeau et des lunettes de soleil. Elle se rassoit dans le petit bain. Son cul disparaît, ainsi que notre intérêt pour elle.

— Ça me fait penser, reprend-elle, il paraît que la fille de Clothilde a fait une tentative de suicide. À la suite de…

— Ah non, on va pas parler de ça ! s'emporte Marjorie. Cette histoire aurait dû rester privée. Je vois pas pourquoi la psy du lycée est allée vous raconter ça !

Son indignation est si bien imitée qu'un novice pourrait s'y tromper.

— Elle me l'a juste raconté à moi, glisse Ludivine.

— De quoi vous parlez ? demande Max.

— Cette histoire de… répond Ludivine.

— De pipes dans les toilettes du lycée français, complète à nouveau Bérangère.

— Elles ont beau se la raconter, toutes les cathos du bénévolat, leurs enfants sont pas mieux que… tranche Ludivine.

Alexandre me contemple avec étonnement. Il s'attendait à ce que j'explose. Il s'interroge sur les raisons de mon flegme. Il l'attribue sans doute à la présence de Salma, qui vient d'apparaître derrière moi :

— Laisse glisser. L'énervement est nocif pour la santé. Et quant à cette brochette de connes, tu ne peux rien pour elles.

Je me retourne en reconnaissant sa voix cassée. Je

hoche la tête. Salma m'apaise. Elle est imperméable à mes brusques bouffées de colère. En toute circonstance, elle conserve un calme de statue.

Mais la véritable cause de mon indolence, Alexandre n'en saura rien. Il n'a pas entendu Nessim me raconter les pays que nous allions traverser, les voyages que nous allions entreprendre, les routes qu'il a tracées dans ma tête, les paysages qu'il a peints dans mon esprit, les ailleurs qu'il a ouverts, le bitume déroulé, les pistes d'aéroport. Le Sahara. Le départ était pour bientôt.

J'avais retourné maintes fois le problème de Louise. Qui devrait la garder, d'Alexandre ou de moi ? Alexandre adorait sa fille. La lui enlever serait bien plus cruel que de partir avec Nessim. Je m'étais décidée à la lui laisser les premiers mois. Le temps de trouver un accord à l'amiable, dont je ne doutais pas.

*

Cet après-midi-là, il ne manquait plus que Nessim pour que nous soyons au complet.

Mais il n'arrivait pas.

10

Roman anatomique

Deux jours après sa mort, le 17 septembre, je suis assise à mon bureau devant la fenêtre. La sonnette me fait sursauter. Mais le chagrin me paralyse. Depuis qu'il a été tué, je ne bouge plus. J'attends. J'ai l'impression que je dessine moi-même les traînées blanches qui se décomposent dans le ciel.

Devant moi, le dossier : « la chair entre horreur et beauté ». Les mots me font penser à Nessim. Son corps ouvert, déchiré comme la page d'un livre, racontant une histoire inédite. J'ai vu des hommes vêtus de blouse l'emporter sur une civière. Ils ont refermé une fermeture Éclair pour dissimuler son visage. J'aurais dû faire comme les voisins, massés autour de l'ambulance : prendre l'air triste et horrifié. Mais j'en étais incapable. La douleur m'avait frappée au ventre et je n'ai su que me plier en deux, la bouche ouverte en un cri muet. Ils n'ont pas déclenché leur sirène, ce n'était plus la peine. Ils ont fait marche arrière et sont repartis vers le centre, emportant avec eux le cadavre de l'Arabe blond.

Deuxième coup de sonnette. J'ai mal au ventre. Je sors une photocopie représentant une gravure de Léonard de Vinci. Un buste de femme, comme ceux des statues antiques — des épaules sans bras, un cou sans tête. Il s'arrête au niveau du sexe. Son enveloppe est harmonieuse, tout en creux et en courbes. L'artiste a également dessiné l'intérieur de la statue : ses organes génitaux. Le professeur avait expliqué le défaut caché du croquis : les organes étaient ceux d'une malade. C'était imperceptible pour un œil novice, mais n'importe quel médecin pouvait constater que la femme souffrait d'une infection des trompes.

Machinalement, sans trop analyser pourquoi, je crée un dossier sur mon ordinateur. J'écris : « Roman anatomique ». J'ignore où cela pourra me mener. Mais le titre s'accorde à mon humeur. *Roman anatomique*. J'ouvre une page Word. Sa blancheur se réverbère sur les lunettes que j'utilise pour travailler. Je teste différentes tailles et différentes typographies pour le titre. Je finis par choisir du Apple Chancery en corps 28.

Comme rien ne s'écrit d'autre, je recopie une citation des *Carnets* de Vinci :

« *... j'ai voulu passionnément connaître et comprendre la nature humaine, savoir ce qu'il y avait à l'intérieur de nos corps. Pour cela, des nuits entières, j'ai disséqué des cadavres, bravant ainsi l'interdiction du pape. [...] Ce que j'ai cherché finalement, à travers tous mes travaux et particulièrement à travers mes peintures, ce que j'ai cherché toute ma vie, c'est à comprendre le mystère de la nature humaine.* »

Ayant toujours marché à l'intuition, je sens que ces bribes finiront par s'assembler et faire sens. Elles deviendront les pièces d'un puzzle qui, à la fin, deviendra un livre, une trajectoire, une forme née du chaos.

Un troisième coup de sonnette retentit.

*

Je me recroqueville sur mon siège. L'existence du monde extérieur ne doit plus me faire souffrir. Il ne doit pas interférer dans mon travail. Je m'efforce de rester concentrée. D'exclure de mes perceptions les soubresauts erratiques du réel.

Léonard de Vinci pourrait devenir un personnage du livre. Je le laisse se mouvoir dans mon esprit. Les images commencent au moment où Vinci va déterrer les cadavres pour les disséquer. Des corps de criminels. Par facilité, parce que ceux-là sont jetés à la fosse commune. Au regard de la société, il commet une faute moins grande à trancher la peau d'un tueur que celle d'un honnête homme. Évidemment, il a dû s'interroger sur leurs différences : les organes de l'assassin sont-ils semblables à ceux du moine, à ceux de la vierge ? Ou peut-être savait-il déjà qu'ils se ressemblent comme des frères. Que seule l'enveloppe diffère : les rides, le froncement des sourcils, les cheveux roux, blonds ou blancs. La constitution physique crée des distinctions entre les êtres, l'âge va jusqu'à nous rendre différents de nous-mêmes mais, si noires qu'aient été nos actions, celles-ci ne s'inscrivent pas dans le secret des chairs. Elles passent, superficielles et insignifiantes, s'effacent sans laisser aucune trace.

Vinci est le premier à dessiner correctement la position du fœtus dans l'utérus de sa mère. Je l'imagine voler dans la fosse le cadavre d'une femme enceinte. De quoi est-elle coupable ? Son crime est-il lié à cet enfant mort avec elle ou n'a-t-il rien à voir ? Mon personnage découpe le ventre proéminent. Il extrait l'utérus. Il tient le placenta dans une main, de l'autre il incise avec précaution pour ne pas abîmer le minuscule organisme. Il esquisse sa forme, la petite boule visqueuse. Je me demande si, quand il a terminé son croquis, il ressent une émotion quelconque. L'attrape-t-il entre le pouce et l'index pour le déposer dans sa paume ? Durant une fraction de seconde, j'imagine qu'il caresse son dos, sa tête d'épingle.

Puis, je comprends mon erreur. Il ne le caresse pas, il l'attrape dans sa paume et l'incise à son tour. Penché sur son ouvrage car la tâche est délicate et exige une extrême minutie. Il le découpe au niveau des articulations. Il observe s'il est composé des mêmes organes, pareillement disposés, que les adultes. Les mêmes réseaux sanguins, les mêmes os. Sous l'enveloppe, l'assassin et sa victime sont identiques.

*

Fely frappe à ma porte. Deux coups sourds.

— Il y a des gens pour vous, en bas. La police.

11

Département des investigations criminelles

Les deux flics se tiennent près du canapé. Je les vois d'abord, dans la confusion de mon esprit, comme deux taches brunes sur le fond blanc du salon. Ils m'attendent, debout. L'un d'eux s'est tourné vers l'escalier pour me voir descendre ; l'autre scrute avec attention chaque détail de l'appartement. Les murs nus, le sol de marbre. Il se déplace lentement vers le petit meuble qui, dans l'entrée, nous sert à entreposer notre bric-à-brac. Il photographie mentalement l'amas hétéroclite : crème solaire, antimoustique, bavoirs pour Louise, livres, palmes, lunettes de plongée, serviettes de bain. Il sort un livre et le parcourt. *Nexus* d'Henry Miller, en français. C'est un Indien immense, d'environ un mètre quatre-vingt-quinze ou deux mètres, très gros. Contrairement à la plupart, il ne porte pas de moustache. Ses cheveux sont couverts d'un curieux chapeau tirant sur le vert. L'autre s'élance comme un ressort dès qu'il m'aperçoit. Il vient à ma rencontre, souriant, la main tendue :

— Bonjour, Force de police de Singapour. Je suis l'inspecteur Mikael Lim et voici l'inspecteur Keshav Ramsey. Département des investigations criminelles.

Il me tend une carte. J'y lis son nom et l'adresse du Département. 391 New Bridge Road, Singapore. Block C.

Je leur désigne le canapé. Mikael Lim s'assoit sans se faire prier. Il semble n'avoir attendu que ça depuis de longues minutes. Il a un visage rond et jovial, grêlé d'acné, un costume de marque et d'incroyables baskets rouges. Elles sont ornées de bandes réfléchissantes et son nom est inscrit en noir, parallèle à la semelle. Il croise mon regard. Keshav Ramsey repose le livre de Miller. Il s'approche de moi et me tend la main brusquement :

— Inspecteur Keshav Ramsey, dit-il comme s'il avait été absent durant les présentations de son collègue.

Sa main est moite. Il me détaille. Son expression oscille bizarrement entre embarras et indiscrétion. Encore une fois, je n'ai pas entendu Fely s'approcher. Je sursaute quand elle nous interrompt :

— Je fais du thé, m'ame ?

J'ai l'impression qu'elle dissimule un sourire derrière son air neutre. Je me tourne vers mes hôtes et les interroge silencieusement. L'inspecteur Lim hoche la tête :

— Juste un verre d'eau fraîche, si vous avez.

Il s'adresse à moi, comme s'il ne voyait pas Fely. L'inspecteur Ramsey secoue le menton négativement dans sa direction. Il la détaille à son tour. Petite et maigre, les pupilles comme deux puits. Keshav Ramsey observe son tee-shirt rouge, son bermuda vert. Puis il se tourne vers moi. Il n'a pas prononcé une parole. Mikael Lim embraie :

— Nous venons vous interroger sur la mort d'un de vos voisins, Français comme vous. Je suppose que vous êtes au courant.

Je fais un signe d'assentiment.

— Vous le connaissiez bien ?

— Assez bien. Comme un voisin. Mon mari et lui jouaient aux cartes ensemble.

Je croise les yeux de Fely. On dirait qu'elle n'a pas bougé depuis tout à l'heure. En fait, elle revient avec trois verres disposés sur un plateau.

— Est-ce que vous pouvez nous raconter tout ce que vous avez remarqué, dimanche dernier ?

— Oui. Nous étions à la piscine. La plupart d'entre nous.

— « Nous », c'est-à-dire ?

— Les expatriés, les Français du condo.

— Qui n'y était pas ?

— Eh bien… je ne sais pas… il y avait tout le monde.

— Est-ce que vous pouvez préciser l'emploi du temps ?

— Nous sommes arrivés aux alentours de… je dirais quinze heures. Et nous sommes rentrés vers dix-neuf heures.

— D'après les analyses, votre voisin a été tué chez lui entre seize et dix-huit heures. Est-ce que vous avez vu quelqu'un sortir de la piscine ?

— On fait souvent des allers et retours. Pour les enfants, notamment. On va chercher à manger. Mais je ne sais plus… Personne ne se surveille.

Tourné vers la fenêtre, Keshav Ramsey prend la parole brusquement :

— Tiens, j'aurais cru tout l'inverse. J'ai connu une expatriée, une Australienne. Elle a appris que son mari la trompait grâce à une photo envoyée sur son téléphone par une de ses amies.

Mikael Lim sourit. Il est impossible de dire s'il est gêné ou amusé par les propos de son collègue.

— Est-ce que vous savez qui fréquentait la victime ?

— Pas vraiment. Nous, les Français de Sommerville. Mais sinon, je ne sais pas.

— Il s'était fait des ennemis ?

Je reste silencieuse un moment. Lim me fixe, Ramsey est tourné vers le parc. Instinctivement, je pense à Alexandre. Partie de poker. Des mots me reviennent : tricheur, bluff. Je fais non de la tête.

— Nous avons de fortes raisons de croire qu'il avait une maîtresse. Une idée de la personne qui… ?

C'est Keshav Ramsey qui a parlé. Cette fois, il ne scrute plus les arbres et les enfants qui jouent dehors. Il examine attentivement chacun de mes gestes.

— Non.

Ramsey parle maintenant avec animation :

— Une voisine a entendu une grosse dispute entre lui et une femme. Mais de chez vous, on pourrait entendre aussi. Vous n'avez jamais surpris… d'autres genres de bruits ? Des bruits compromettants ? Des ébats, par exemple ? Vous n'avez jamais vu personne sortir de chez lui ? Une femme… ou même un homme, qui sait ?

L'inspecteur Lim s'interpose :

— N'exagère pas !

Puis il me sourit avec cordialité :

— S'il s'agit d'un crime passionnel, l'assassin

n'a pas de chance : Keshav est une vraie commère. Aucun secret ne lui échappe. Il n'hésite pas à les ramasser dans le caniveau, s'il peut.

Keshav souffle avec gravité :

— Ce n'est pas ma faute si le monde est gouverné par son fond de culotte.

Mikael Lim se relève. Il change d'avis. Se rassoit et ajoute :

— D'ailleurs, une de vos voisines a raconté que vous vous étiez absentée quelque temps.

— Je suis venue ici. Je voulais voir ma fille.

Mikael Lim acquiesce. Il se relève. Il marche vers la porte. Il s'arrête devant la cuisine et interroge Fely à brûle-pourpoint :

— Vous étiez là, bien sûr, quand Madame est rentrée ?

Nos yeux se croisent. Elle hoche la tête. Elle répond sans cesser de me fixer :

— Oui, m'ame est venue chercher Louise.

— Il était quelle heure ?

— La petite se réveillait de sa sieste. Je la faisais goûter. Il devait être aux alentours de seize heures, seize heures trente.

Mikael Lim se détourne de Fely sans un mot et me sourit :

— Eh bien, c'est parfait.

Je cherche quelque chose à dire pour conclure l'entretien. Je ne trouve pas. Keshav Ramsey s'est de nouveau tourné vers les arbres à pluie :

— Il paraît que, dans le condo, il se faisait appeler Nessim Boudjaaba.

J'approuve, ignorant où il veut en venir. L'inspecteur Ramsey reprend :

— D'après son passeport, il se nommait Didier Launay.

Il prononce « Didière Liounay ».

— Il avait un simple visa de tourisme, intervient l'inspecteur Lim. Vous savez pourquoi il mentait ?

12

Les docks

Nessim m'avait dépeint avec précision son boulot de docker. Ses horaires, disait-il, fluctuaient en fonction des arrivages de marchandises sur le port. Il aimait découvrir les nouveaux bateaux :

— Je brûle de savoir ce qu'ils ont dans le ventre. Fouiller leurs entrailles. Parfois, certains recèlent des secrets. Ils font transiter de la poudre blanche ou des femmes à la peau brune. Ils m'aiment parce que je ne les trahis jamais.

— Tu es leur complice, alors…

— Comment faire autrement ? Les objets et les êtres sont en mouvement perpétuel. Nous sommes tous des nomades. Inutile d'essayer d'interrompre le flux.

— Mais tu parles de commerce illégal.

— Tout est à acheter ou à vendre. Ça aussi, c'est immuable. Et aucune loi n'y pourra jamais rien. Et si tu crois que tu n'es pas à vendre, tu te trompes.

Pour mieux me faire comprendre son point de vue, il a voulu me lire *La Prose du Transsibérien* de Blaise Cendrars. J'anticipais déjà de m'ennuyer mais ses épaules, ses mains, tout son corps en valaient largement la peine. Je me suis assise dans un de ses fauteuils et me suis perdue dans la contemplation de ses doigts. Ils bougeaient au rythme de sa lecture. Et j'imaginais comment, quand Nessim se tairait, ils se poseraient sur ma peau et gifleraient mon cul. Je n'attendais que cet instant, où ils refermeraient le livre.

Nessim vivait dans un appartement de trois pièces, dans une des tours du condo en face de chez nous. De ma chambre, on apercevait son salon. À l'inverse de notre intérieur vide et blanc, le sien regorgeait d'objets. Nous avions tout laissé, tout vendu de notre ancienne vie, il avait tout emporté avec lui. Des masques africains, des marionnettes birmanes, une console balinaise, des couverts en argent — on aurait dit la grotte des quarante voleurs. Pour chaque objet, il avait une histoire.

Il a commencé à lire.

En ce temps-là j'étais en mon adolescence
J'avais à peine seize ans et je ne me souvenais
Déjà plus de mon enfance...

Sa voix. Elle était si belle, si incroyablement juste et grave, que j'ai relevé le menton. Je ne pensais plus à ses doigts. Je ne pensais plus à après, les draps poisseux, les gifles, le dessin de son ventre. J'étais entièrement présente. Il s'est interrompu. Il m'a dit :

— Je ne vais pas tout te lire aujourd'hui. Tu risquerais de t'ennuyer.

— Je ne m'ennuie pas. C'est rare de savoir si bien lire. J'ignorais que tu étais sensible à la poésie.

Il a ri :

— Je n'y suis pas sensible. Je suis juste un excellent comédien.

J'ai souri, il a repris juste quelques vers qu'il connaissait par cœur. Il m'a regardée. Et mon cerveau s'est empli à nouveau de mains et de gifles.

*

Après, alors que nous étions tous les deux allongés sur le lit, en sueur, il a parlé à nouveau des bateaux. Les cargos. Le kérosène formant des arcs-en-ciel sur l'eau. Les porte-containers géants et les superpétroliers. La route maritime la plus fréquentée du globe, entre océans Indien et Pacifique, à l'entrée du détroit de Malacca. Carrefour des sous-continents indien et chinois.

— Par exemple, sais-tu que les crèmes glacées australiennes importées par les Japonais voyagent de Fremantle à Tokyo *via* Singapour, ce qui leur fait parcourir des milliers de kilomètres supplémentaires ? Pourtant, elles arrivent plus tôt que si elles avaient pris la route directe, grâce à l'efficacité logistique exceptionnelle de l'île.

Je suis sortie de chez lui avec des bateaux plein la tête, des rêves de nomades, de trafic de chair humaine et de marchandises, de containers. J'ai quitté la tour. J'ai à peine fait quelques pas qu'on m'a interpellée. Je me suis retournée. Ludivine m'a rejointe en trois enjambées. Elle a relevé le menton :

— C'est là que vit Nessim, non ?

Sa question était peut-être neutre. Son regard ne trahissait aucune perfidie. Ma voix a tremblé légèrement :

— Je crois.

Je n'ai rien ajouté. À trop vouloir se justifier, on finit par attirer l'attention. Ludivine m'a fixée d'un air menaçant :

— Ça serait bien qu'on sorte toutes les deux, de temps en temps.

Son ton dominateur n'avait peut-être rien à voir avec la situation, mais c'était peu probable. Je me suis demandé ce que Salma aurait répondu à ma place. Je n'ai pas trouvé. J'ai hoché la tête. Elle a repris :

— On pourrait aller se faire masser au Fullerton. On mangerait un bout à l'Indochine juste après.

J'ai acquiescé.

*

Le lendemain, j'ai appris qu'Alexandre avait invité Nessim, Max et Bérangère, Jean-Louis et Ludivine, Marjorie et François à faire un poker à la maison.

— Tu triches, répète Alexandre.

Nessim se contente de lui sourire. Il répond :

— J'ai gagné.

Et Alexandre a cette expression ancienne, devenue pour moi impénétrable. Il fait un pas vers Nessim, qui se lève. Ils se défient un instant en silence. Alexandre crie :

— Je suis sûr que tu as triché ! Si je te surprends,

je te fous mon poing dans la gueule. Je te préviens. Je supporte pas les tricheurs !

Nessim ne dit rien. Puis il éclate de rire :

— Mais tu ne me surprendras pas.

Alexandre est pris au dépourvu. Il ne sait pas quoi répondre. D'ailleurs, il n'a jamais eu le sens de la repartie. C'est la raison pour laquelle il lui arrive d'être saisi de brusques bouffées de colère. Son expression pourrait s'apparenter à de la haine mais je le connais encore assez pour savoir qu'il s'agit d'autre chose. Un sentiment plus complexe.

Je suis décidée à ne pas intervenir. Ludivine ne nous quitte pas des yeux. Elle nous scrute tour à tour, Alexandre, Nessim et moi. Je n'ai pas besoin de me retourner pour être certaine que Fely contemple également la scène. L'étau se resserre.

— C'est le propre du bon joueur, continue Nessim. Il a tant de talent qu'on croit qu'il triche !

Nouveau silence. Alexandre ne répond toujours pas.

— Les vrais joueurs ne se divisent pas entre les tricheurs et les autres. Juste entre les gagnants et les perdants.

Max intervient pour détendre l'atmosphère :

— Et si on buvait un coup ?

Mais Nessim et Alexandre sont seuls au monde. Nessim poursuit :

— Attention, je ne dis pas qu'on est gagnants et perdants par essence. Ce sont des identités comme les autres : réversibles. Une seule chose ne l'est pas : la grâce avec laquelle on sait gagner ou perdre.

— Et toi, tu perds avec grâce ?

C'est la première phrase que prononce Alexandre. De l'autre côté de la table, Nessim sourit à mon mari. Il lui lance d'un air provocant :

— Essaie-moi dans les deux positions, tu verras.

Salma venait d'écraser dans mes plantes son dernier mégot de cigarette. Elle est entrée dans le salon juste à cet instant. Elle a éclaté de rire.

13
La rupture

— Est-ce que les flics te soupçonnaient quand ils sont venus te voir ? me demande Salma.

Ça fait peut-être deux heures que nous discutons et aucune de nous deux n'a bougé. Toujours allongées sur nos chaises longues, côte à côte, nous regardons le ciel étoilé, étalé devant nous comme une toile grandiose. Mon verre est vide. Salma se redresse insensiblement pour attraper la bouteille de bordeaux qu'elle a apportée de chez elle. Elle me sert. Elle tâtonne, sans quitter des yeux la peinture nocturne, pour attraper son Zippo doré.

— Oui.

— Pourquoi ? Qu'est-ce qu'ils pouvaient savoir ?

J'entends le claquement de son Zippo. Rapidement, un voile de fumée se mêle aux étoiles.

— À cause de Ludivine. Elle leur a dit qu'elle m'avait croisée, quand je suis retournée à la piscine le dimanche après-midi. Après m'être absentée une bonne heure. Au moment où le légiste a estimé que Nessim avait été assassiné.

— Et alors ? Il n'y avait rien de surprenant à croiser un voisin dans le condo, si ?

— Elle a dit aux flics que je lui avais paru bizarre.

— C'est vrai ? Tu étais bizarre ?

— Oui.

— Pourquoi ?

Des images m'assaillent. Des éclats de voix. Je ferme les yeux. Je n'ai pas envie de lui répondre. Je détourne la conversation :

— Pour qu'elle ne dévoile pas notre liaison aux flics, j'ai dû sortir avec Ludivine dès qu'elle me le demandait. Ils étaient persuadés qu'il s'agissait d'un crime passionnel. Surtout le taré au chapeau. S'ils avaient appris que nous étions amants, ils n'auraient pas cherché plus loin.

Mais Salma n'accepte aucune diversion.

— Pourquoi est-ce que Ludivine t'a trouvée bizarre ? insiste-t-elle.

*

Alors, je me remémore chaque moment de cet après-midi-là. Le jour de sa mort, le 15 septembre. *Il ne manquait plus que Nessim pour que nous soyons au complet. Mais il n'arrivait pas.*

J'ai attendu une heure. Puis deux. Je me suis inquiétée. Je suis montée jusqu'à son appartement. J'ai sonné. Au bout de quelques instants, j'ai entendu des pas se diriger vers la porte. Il a ouvert. D'abord, il a souri en me voyant. Un beau sourire étincelant, spontané. Puis il s'est ravisé comme si un souvenir désagréable lui était revenu. Il a paru gêné. J'étais sur le seuil.

— Je peux entrer ? ai-je demandé en pénétrant chez lui.

Il s'est effacé pour me laisser passer. Je suis allée m'asseoir dans le lit de jour balinais que j'affectionnais. J'avais tant de fois imaginé l'épisode durant lequel Nessim l'avait marchandé que je croyais avoir assisté à la scène. Il l'avait trouvé à Ubud et en était, disait-il, tombé aussitôt amoureux. Il le lui fallait, il était prêt à tout pour l'acquérir.

— Je m'y voyais allongé, serrant une femme. J'ignorais encore à quoi ressemblerait son visage, quelle serait la couleur de ses cheveux. Mais je sentais que ce meuble verrait des nuits d'amour, qu'il abriterait des secrets extraordinaires.

Le lit de jour coûtait une fortune. À moins que le marchand, sentant son attrait irrésistible sur Nessim, n'en ait augmenté le prix à dessein.

— À cette époque, racontait-il, j'étais pauvre comme Job. Mes quelques billets froissés en poche suffisaient à peine à me procurer du riz jusqu'à la fin du séjour. Au début, nous nous sommes payés de mots, le vendeur et moi. Puis la dispute s'est prolongée au poker. Nous avons lutté des heures. Au lever du jour, j'avais gagné tout ce qu'il possédait dans sa boutique. Pour solde de tout compte, j'ai emporté le lit de jour, comme on emporte une femme la nuit de ses noces. Et te voilà, allongée dessus.

Je suis donc allée m'asseoir sur ce lit dont j'estimais qu'il avait été sculpté pour moi. Mon portable s'est mis à sonner. Le numéro s'est affiché. Alexandre. J'ai hésité, mais je n'ai pas décroché. La sonnerie est restée entre Nessim et moi. J'ai reposé le téléphone dans un coin. Nessim s'est assis sur le canapé aux teintes roses fanées, en face de moi. Il a évité mes yeux. Pour ne pas appeler le malheur, je ne lui ai posé aucune question. J'ai failli battre en retraite tout de suite. Je refusais de me confronter à la vérité. Mais j'ai changé d'avis. Je l'ai laissé parler.

— Elsa…

J'ai retenu ma respiration.

— Je ne veux plus mentir.

Un instant, j'ai espéré qu'il voulait dire autre chose. Qu'il me demanderait de tout quitter pour partir avec lui. Nous étions déjà convenus, un après-midi d'abandon, de regagner l'Europe par le Transsibérien. Notre feuille de route était établie : vol direct Singapour-Pékin. Transsibérien : Pékin-Oulan Bator-Oulan Oude-Irkoutsk-Ekaterinbourg-Moscou. Quand nous aurions atteint Moscou, nous pourrions tracer un chemin imprévu au cœur de l'Europe. Mais il a dit :

— Surtout pas à Alexandre. J'ai essayé de haïr ton mari. Je me suis efforcé de lui trouver des torts. J'ai voulu me dire qu'il te rendait malheureuse. Mais je n'ai pas pu. Son honnêteté me fait honte. Je ne peux plus lui faire ça.

Avant que je parte, il s'est levé et a marché jusqu'à sa bibliothèque. Il a saisi un recueil de Cendrars. Il a cherché dans le sommaire puis il a déchiré une des pages du livre. Il me l'a donnée. Il a dit :

— Tiens, tu pourras la lire toute seule. Elle contient tout ce que je n'arrive pas à te dire aujourd'hui.

J'ai attrapé la page qu'il me tendait. Je l'ai froissée et fourrée en boule dans mon sac.

Après, quand je suis retournée à la piscine, Ludivine m'a demandé :

— Qu'est-ce que tu faisais ? Tu as l'air bizarre.

J'ai relevé vers elle des yeux hagards. J'ai répondu :

— C'est la chaleur. C'est incroyable comme il fait chaud. Il ne devrait jamais faire aussi chaud.

Dès que j'ai pu, je me suis précipitée aux toilettes. Je ne pouvais pas attendre pour lire le poème. Je l'ai parcouru avidement, comme s'il contenait des réponses à l'étau qui comprimait mon ventre. «*Le monde est plein de nègres et de négresses*»… Je suis ressortie des toilettes.

En me quittant, Nessim m'avait claqué au nez toutes les portes du monde. Tous les pays que nous devions parcourir, les kilomètres de chemin de fer, les océans, les rizières, tout a disparu. Les couleurs se sont effacées, les formes et le bruit des moteurs, le cri des mouettes, le vent dans les arbres, les coulées de kérosène. Comme si l'univers avait été une lanterne magique qu'il avait brisée en partant.

Il n'y a plus rien eu que du noir. Des plages de vide et de silence.

*

Je sors des toilettes, l'esprit noyé dans le désarroi. Un poème de Cendras froissé en boule dans mon poing. Ludivine était à mes côtés :

— Tu ne sortais plus. J'ai cru que tu te sentais mal. Ça va mieux ?

Elle me fixait. J'ai hoché la tête. Elle m'a dit :

— Je t'enverrai un texto pour te dire si j'ai réussi à prendre rendez-vous au Fullerton.

C'est là que je me suis aperçue que j'avais oublié mon téléphone portable chez Nessim. Lors de l'appel d'Alexandre, je l'avais posé quelque part. Je l'y avais laissé. Il allait falloir affronter Nessim à nouveau pour le récupérer.

14

Tortures

— Et encore… Plutôt que d'obsessions érotiques, il faudrait peut-être parler d'obsessions picturales.

*

À la suite des images de torture s'ouvrait, dans mon cours, un chapitre sur les correspondances. Fin août, puisque le livre n'avançait pas, je me suis persuadée que je ne perdrais rien à le relire.

D'après le professeur, le XVIe siècle abordait le savoir sous l'angle des ressemblances. On croyait les organes liés à des éléments de l'univers selon un principe de similitudes : les mains nourrissaient de mystérieux rapports avec les racines, le cerveau avec la noix, le front avec le firmament. Entre le microcosme humain et le macrocosme universel, les reflets se diffractaient à l'infini.

Je feuilletais les reproductions. Mon esprit s'égarait. Aux planches anatomiques, je substituais l'image de l'Indienne. Elle devenait tous les cadavres, tous les criminels éventrés et disséqués, toutes les peintures de Jérôme Bosch.

Elle était devenue le corps supplicié du jeune Chinois.

D'abord, elle flottait ; puis elle éclatait au sol comme un fruit trop mûr. Elle révélait au monde la porosité des frontières, la fragilité de l'enveloppe.

Sur les dalles, une tache rouge comme une trace de peinture sur un tableau abstrait.

Dans mon esprit, je baptisais le tableau : « Rouge sur fond blanc ».

L'Indienne se réduisait à deux couleurs.

Blanc et rouge.

Rouge sur blanc.

J'ignorais par quel bout faire de ce tableau un livre. Je voyais bien les deux couleurs et leur forme de papillon comme un dessin de Rorschach.

Pour en faire un récit, il aurait fallu que ces visions aient un sens.

Je creusais.

*

Au-delà de la beauté picturale de sa mort, je voyais s'établir un réseau de correspondances entre son apparence et les paysages que Nessim avait enfantés en moi. Les iris opaques de l'Indienne reflétaient l'immensité de la mer. Les bateaux qui entraient au port, chargeaient et déchargeaient leur cargaison de marchandises, humaines ou non. Dans un flux perpétuel. Et ses cheveux noirs, interminables, se déroulaient comme les rails du Transsibérien lancé à toute allure dans mes souvenirs. Ses doigts s'écartaient comme les racines du Tembusu tree dans le sol du jardin botanique. Elle avait voulu saisir quelque chose mais n'avait serré que le vide. Sa bouche était un coquillage rose pâle, sur une plage de l'Atlantique où Nessim et moi ne marcherions jamais ensemble. Sa peau avait puisé sa pâleur au sable du désert, au sel de la mer Morte, aux neiges éternelles des sommets que je ne franchirais pas. Elle avait la beauté de tous les paysages que je voyais défiler à travers la vitre d'un train imaginaire.

Le téléphone fixe a sonné. Il ne sonnait jamais — Salma ne m'appelait que sur mon portable. J'ai décroché. À l'autre bout du fil, la voix de mon éditeur s'est fait entendre.

— Je viens aux nouvelles. Tu vas bien ?

Je réfléchis trop longtemps à la réponse à lui faire. Mentalement, j'essaie de reconstituer les traits de son visage, ses cheveux mi-longs, ses traits fins, le tatouage sur son bras. Les détails sont aisés à convoquer. Je me souviens même de ses vêtements. Son jean bleu, ses santiags, son tee-shirt avec une grosse langue rouge. Pourtant, même avec le son de sa voix, il me semble irréel. Comme le souvenir d'un être cher, mais dont le temps a gommé les traits et dont la voix s'est tue.

— Tu m'avais dit que tu me remettrais le manuscrit avant l'été.

— Tu sais, ici, c'est un peu différent : je me conforme au calendrier lunaire chinois.

— Et en calendrier lunaire chinois, tu penses m'envoyer le livre à quelle date, exactement ?

Quand j'ai raccroché, je ne me souvenais même plus de ma réponse. Aussitôt, le visage de mon éditeur s'est estompé. Avec sa voix s'est brusquement coupé le fil qui me reliait encore à la France. Je me suis levée et j'ai débranché la prise du téléphone. J'ai soigneusement enroulé le câble autour du poste, que j'ai rangé dans un tiroir.

15

Police

17 septembre. J'essaie de retenir les flics — il faut que je sache :

— Un simple visa de tourisme ?

Keshav Ramsey acquiesce :

— Ça vous étonne ?

— Eh bien, Nessim… ou je ne sais plus comment vous l'appelez… il nous disait qu'il était docker.

— Vous n'avez jamais eu l'idée d'aller le voir sur le port ? demande Mikael Lim.

— Pourquoi j'aurais fait ça ?

— Bien sûr, répond-il sur le ton de l'évidence. Vous n'aviez aucune raison de faire ça.

Il sourit. Son visage ressemble à une planète criblée de cratères. Je fais l'effort de ne rien demander. Rester calme. Soucieuse en apparence et indifférente au fond, comme les autres habitants du condo ont dû se montrer. Pourtant, les questions se bousculent en moi.

Quand Alexandre rentre, je m'aperçois que les policiers sont là depuis plus de deux heures. Mon mari prend un air de circonstance. J'admire sa normalité. Il tend la main à Mikael Lim, puis à Keshav Ramsey :

— Je suppose que vous venez pour Nessim. C'est terrible.

Un léger silence suit sa phrase. Elle sonne faux, mais je pense être la seule à m'en rendre compte. L'inspecteur Lim approuve, la mine cordiale :

— Oui, c'est ça. En fait, il s'appelait Didier Launay.

— Il avait un faux nom ? demande Alexandre. Pourquoi ?

Cette fois, la question sonne juste. Mais la stupeur non feinte d'Alexandre est presque aussi suspecte que sa fausse indifférence. Mikael Lim hausse les épaules :

— On ne sait pas encore. Mais on le saura. On finit toujours par tout savoir, ici.

Alexandre leur propose un café, qu'ils acceptent. Il se lève et se dirige vers la cuisine, comme s'il allait le faire lui-même. Il serait bien en peine de les servir : ni lui ni moi ne savons où Fely range les affaires. L'inspecteur Lim se rassoit. Ramsey reste debout. Son attention se porte alternativement sur Alexandre et sur moi. Je ne peux pas jouer la complicité conjugale, l'étonnement d'Alexandre risquerait de nous trahir.

— Est-ce que vous connaissiez bien cet homme qui se faisait appeler « Nessim Boudjaaba » ? demande Keshav à mon mari.

Alexandre paraît hésiter.

— Entre expats français, on se connaît très vite. Ce n'est pas pour autant qu'on a des liens profonds. Les rapports restent superficiels.

— Ah bon, et pourquoi cela ? demande Keshav Ramsey.

Il a soudain l'air passionné.

— À cause de la chaleur, dis-je.

— On n'a pas le temps d'approfondir, me coupe Alexandre. Le boulot. Les voyages à l'étranger. Et puis, personne ne reste jamais longtemps.

— Ce n'est pas ce que disait votre femme, insiste Ramsey. Elle parlait de la chaleur.

— Mais c'est ce qu'elle voulait dire, tranche Alexandre. Et pour les femmes, c'est un peu différent. Elles s'ennuient tellement qu'elles finissent par se haïr. Faute de mieux. La piscine est un vrai nid de vipères. Nous, comme on bosse, on se contente d'une indifférence cordiale.

— Comment vous pourriez qualifier vos rapports avec la victime ? demande l'inspecteur Lim.

— Cordiaux justement, répond Alexandre.

— Ce n'est pas ce que j'ai entendu, objecte Keshav Ramsey.

Mikael Lim me sourit :

— Je vous l'ai dit, mon collègue est une vraie commère. Il adore les ragots.

Keshav Ramsey a l'air vexé.

— Pas les ragots, nuance-t-il. Les secrets. Il n'y a que les gens indifférents à l'Humanité qui ne s'intéressent pas aux secrets.

— Et le voilà qui monte sur ses grands chevaux, soupire Mikael Lim.

J'ignore s'il parle sincèrement ou si les deux inspecteurs cherchent à me faire tomber dans un piège.

Témoigner trop d'intérêt, pas assez. Je me réfugie derrière Alexandre. Il paraît gêné :

— Qui vous a dit qu'on ne s'entendait pas ?

— Plusieurs de vos voisins nous ont rapporté une dispute, au cours d'une partie de poker.

— Ah, souffle-t-il. Ça…

— Vous jouiez de l'argent ?

— Non ! Enfin, on jouait rien du tout. Quelques dollars, pas plus.

— Vous jouiez de l'argent, conclut Mikael Lim en souriant.

— C'est interdit, ajoute Keshav Ramsey.

Un bref silence suit leurs paroles.

— Je me suis énervé parce qu'il trichait. J'ai voulu lui mettre mon poing dans la gueule. Et puis c'est passé. Il a… il avait quelque chose de charmant. Un truc qui fait qu'on n'arrivait pas à lui en vouloir.

— Et vous ne lui avez pas mis votre « poing dans la gueule », poursuit Mikael Lim. Car vous savez que c'est interdit. Et que c'est interdit aussi de jouer de l'argent.

Visage souriant. Cratères. Impossible de le déchiffrer. Est-ce qu'il se fiche de nous ? Essaie-t-il de nous pousser à bout ou fait-il preuve d'une candeur stupide en nous agitant ses interdits à la face ?

— Est-ce que vous saviez qu'il avait une maîtresse ? demande abruptement Keshav Ramsey.

Alexandre marque une hésitation. Il jette un œil dans ma direction.

— Oui, finit-il par dire.

Mes perceptions s'aiguisent. Je remarque que l'eau a cessé de couler dans la cuisine. Fely a abandonné la vaisselle, elle nous écoute. J'ai déjà remarqué le silence étrange qui règne parfois, lorsque je discute d'un sujet intime. Alexandre reprend :

— Un soir, on s'est retrouvés à manger tous les deux au restaurant.

— Vous et votre femme ? demande Keshav.

— Non. Moi et Nessim.

Mon mari me jette un bref regard. La stupéfaction me rend muette.

— Nessim a évoqué quelqu'un, en termes flous, poursuit Alexandre. Mais surtout, j'ai senti un parfum de femme sur ses vêtements.

— Vous avez l'odorat très développé, remarque Keshav Ramsey.

— Oui, j'ai une grande mémoire olfactive. Justement parce que je déteste les parfums. Ils me donnent mal au crâne. Et le parfum que portait Nessim était particulièrement fort. Il m'a pris à la gorge.

— Vous l'avez reconnu ? demande Mikael Lim.

Alexandre hésite. Il hoche la tête :

— L'Heure bleue. Notre voisine, Bérangère Dormoy, porte le même. Évidemment, je ne dis pas que…

— Évidemment. Et vous, madame, est-ce que vous avez remarqué quelque chose entre Bérangère Dormoy et Didier Launay ?

J'essaie d'avoir l'air dégagé. L'Heure bleue ne m'évoque que Salma. J'ai toujours associé le nom à ses yeux de nuit.

— Bérangère ? Pas particulièrement.

Je bégaie. Je me mords la langue. Une technique

utilisée par les comédiens pour faire affluer la salive quand la peur leur assèche la bouche.

Les deux flics prennent enfin la direction de la porte. Ils sont restés si longtemps que j'ai l'impression d'avoir été passée à l'essoreuse. Quelques moments de plus et je ne suis plus certaine de pouvoir encore contrôler mes paroles ni mes gestes.

— Nous serons sans doute amenés à nous revoir, dit Mikael Lim. Restez joignables.

— À ce propos, dit Keshav Ramsey. Nous avons essayé de vous joindre sur votre portable, madame. Mais il sonnait dans le vide. Vous ne l'avez plus ?

Je m'assois sur le canapé. À bout de forces. Et penche la tête. Je m'apprête à avouer : notre aventure, notre rupture juste avant sa mort. Je sais que ces événements dus à un enchaînement de hasards ressembleront pour eux aux mobiles d'un meurtre. Mais, alors que je vais capituler, Fely s'approche de Keshav Ramsey, en continuant de s'adresser à moi :

— C'est moi qui ai récupéré votre portable, m'ame. Vous l'aviez oublié à la piscine, comme d'habitude.

Elle vient de me sauver. J'ignore pourquoi. Et le sourire qu'elle esquisse ressemble à une menace.

16

Massage

— Ce qui fait, expliqué-je à Salma, qu'elles me cernaient toutes les deux, Fely et Ludivine. Elles planaient au-dessus de moi comme des oiseaux de proie.

*

Il fait délicieusement frais. Nous sommes allongées, Ludivine et moi, entièrement nues sur le ventre, dans la lumière tamisée de la salle. J'ai proposé à Salma de nous accompagner, mais elle a refusé dans un éclat de rire. L'idée de voir les fesses de Ludivine en entier, sans son maillot de bain, lui semblait attirante, mais pas assez pour supporter sa conversation. Et elle a raccroché.

Deux masseuses d'origine indonésienne ou malaise sont penchées sur nous. La mienne est une grosse femme d'une quarantaine d'années. Ses mains noires malaxent ma peau. Je savoure la répugnance que me procure le contact de ses doigts. Un trou dans la table nous permet de poser le front. En dessous, des pétales d'orchidée flottent dans une soucoupe remplie d'eau. Ces pétales composent dans mon esprit la robe que portait l'Indienne quand elle a ouvert la fenêtre et qu'elle s'est jetée dans les nuages. Ludivine ne cesse d'interrompre la musique orientale. Elle parle sans discontinuer, comme si elle voulait rattraper le temps perdu entre nous :

— Les vraies expats, ce sont elles. Leurs maris sont banquiers, dirigeants chez Total ou à la BNP. Elles organisent des ventes privées. Elles vivent dans des maisons. Des *black and white*, ces habitations noir et blanc typiques du style colonial. En une fois, elles t'ont cataloguée. Elles savent qui tu es.

Nous n'évoquons jamais Nessim. Mais il est là, dans son intonation, dans son assurance. Je m'efforce de rester concentrée sur ce qu'elle dit pour sauver ma peau, pour ne pas laisser s'immiscer l'insupportable douleur que la mort de l'Arabe a creusée en moi.

— Sur quels critères jugent-elles ?

— La marque de tes vêtements. De tes bijoux. De ton sac. Elles évaluent comme des calculatrices combien tu vaux. Et elles te mettent dans une case : intéressante / inintéressante. Moi, je te laisse deviner dans quelle catégorie elles m'ont remisée.

— Pourquoi tu veux les connaître, alors ?

— Parce qu'elles m'ont humiliée. Je voudrais qu'elles me regardent.

Je n'aperçois que sa nuque inclinée sur le trou. Son cou gras me semble étrangement sans défense. Comme le supplicié offert à la guillotine. Pendant une fraction de seconde, elle m'apparaît comme un être réel, et plus seulement une substance molle, blanche et mouvante.

*

La masseuse remet ma tête en place d'un geste autoritaire. Sa douceur apparente masque à peine le déséquilibre des forces. Entre ses mains, mon corps se désarticule comme une marionnette. Elle pourrait en une pression me tordre le cou.

— … et peut-être, poursuit Ludivine, qu'elles ne m'intéresseront pas non plus. Et ce sera moi qui en déciderai.

— Où peut-on les trouver, ces « vraies expats » ?

— Dans les œuvres de charité.

Maintenant que la masseuse s'est attaquée à mon dos, je voudrais que Ludivine se taise. Je me sens fondre, me diluer progressivement, perdre mes contours entre les doigts d'ogresse. Mais la voix plaintive de Ludivine me rappelle au réel :

— Elles organisent une réunion à la fin du mois. Je voudrais que tu m'accompagnes.

Je me redresse à nouveau. La masseuse me maintient contre la planche.

— Pourquoi moi ?

— Tu vas les intriguer, à cause de ton livre. Elles auront envie de te connaître.

Soudain, la sonnerie de mon portable interrompt l'ambiance tamisée de la pièce. Le nom s'affiche : « Fely ». Je décroche, sous la mine réprobatrice des deux masseuses et de Ludivine.

— Je veux que vous rentriez maintenant, ordonne Fely.

— Tout de suite ? Je ne peux pas.

La masseuse exerce une contrainte sur mon bras

pour me forcer à m'étendre. Son visage est tout sourire. Je parviens à échapper à sa poigne.

— Rentrez maintenant, insiste Fely.

Je raccroche. Je descends de la table et retourne vers mes vêtements. Les trois femmes me contemplent avec stupeur. J'enfile un pantalon sur mon corps huileux.

— Désolée, Ludivine. Je dois filer. La petite vient de tomber malade.

17

Le couteau

La première chose que j'ai vue, en rentrant du Fullerton, a été le soutien-gorge aux motifs léopard posé sur le canapé. Un cœur en faux diamants ornait l'un des balconnets. Je me suis tournée vers Fely. Je me reflétais toujours dans ses yeux sans fond. J'ai réprimé un mouvement de colère. Elle a détaché ses mots :

— Ah… merde… j'ai oublié ça.

Elle a marché avec une lenteur extrême vers le bout de tissu gisant sur le canapé. Elle l'a ramassé et est repartie en direction de sa chambre. Une fois qu'elle a eu rangé le sous-vêtement, elle a dit :

— Je n'ai pas eu le temps de faire les courses. Vous pourriez peut-être m'aider.

— Où est l'argent que je t'ai donné ce matin ?

Elle désigne la table :

— Ici.

— Il manque cinquante dollars.

Elle ne fait même pas semblant de regarder sur la table. Elle répond :

— Non.

— Je suis sûre de t'avoir donné cent cinquante. Et il reste cent. Tu mens.

— Je ne suis pas une menteuse. De toute façon, quelle importance ?

Dehors, des petits Indiens disputent une partie de cricket. La baie vitrée est ouverte pour laisser passer un peu d'air. Mais rien ne filtre, que les cris des gosses. Une goutte de sueur coule sur mon front. Ma colère s'émousse. Je regarde les deux ventilateurs du salon, immobiles. Je n'ai pas la force de me lever pour les mettre en marche. Un gecko se faufile derrière le canapé. J'aperçois par la vitre un type de la sécurité s'approcher des gosses et leur interdire de jouer. Ils rangent leurs battes et leur balle, puis s'égaillent dans le condo. Le balayeur aux deux dents entame à tue-tête un air d'opéra chinois.

— Dis-moi ce que tu veux en échange du portable.

— Il n'y a pas que le portable. Il y a tout le reste : votre « relation » avec le sir Nessim. Et le couteau, le sang.

— Le couteau ?

— Oui, le couteau. Je l'ai récupéré dans le dos du sir Nessim. Je l'ai ramassé avec un mouchoir. La police ne saura pas que c'est vous… tant que je ne dis rien.

— Tu as gardé le couteau ? Donne-le ! Ce n'était pas moi ! Ce n'était pas moi, bon dieu ! Tu ne peux pas le garder.

*

Alexandre rentre à ce moment-là. Il adresse à Fely un salut indifférent et poli. Nous sommes toutes les deux au milieu du salon, face à face. Avec dextérité, Fely enfile son ancien visage.

— Bonsoir, sir.

Alexandre lui demande si elle a passé une bonne journée. Il n'écoute pas la réponse, il scrute autour de lui. Il aperçoit sa fille en train de jouer dans son parc. Elle arrache les pièces d'un puzzle en bois. Il s'assoit près d'elle. Elle qui ne tient jamais en place se tourne vers lui et pose son visage contre sa jambe. Il me jette un regard ravi.

Je me concentre sur des miettes que Fely a laissées sur la table. Une armée de fourmis n'a pas tardé à surgir et s'attelle à tout emporter. Fely tourne les talons et part dans la cuisine. Elle revient et, avec une éponge, fait disparaître les fourmis. Elle commence à préparer le dîner du soir. Bruit de casserole. Eau. Couteau pour couper les légumes. Elle s'acharne à cuisiner des brocolis avec du potiron. Au début, nous nous forcions à terminer nos assiettes, mais aujourd'hui aucun de nous ne s'en donne plus la peine. Elle persiste pourtant à servir le légume dont la cuisson augmente le goût fade et la texture filandreuse. Elle sort la tête de la cuisine :

— Pour le dessert, m'ame, vous voulez des crèmes ou je vous coupe des fruits ?

— Coupe-nous des fruits.

— D'accord, m'ame. Merci, m'ame.

Elle retourne en cuisine. Je m'étonne d'avoir retrouvé si facilement mon intonation habituelle. Elle a également retrouvé la sienne. Nous jouons nos rôles à la perfection.

Je me tourne vers Alexandre :

— Tu ne remarques rien ?

— Non.

— Je me suis fait faire un massage. Toi qui es sensible aux parfums, tu aurais pu reconnaître la lavande.

Il esquisse un vague mouvement. J'insiste :

— Tu ne me demandes pas avec qui j'étais ?

— Si. Tu étais avec qui ?

— Ludivine.

Alexandre marmonne quelque chose. Je ne peux plus m'empêcher de penser que Nessim m'a quittée à cause de lui. J'essaie de le voir à travers les yeux de l'Arabe blond. Son visage bien dessiné, aux joues un peu creusées, son beau regard sombre, ses longs cils bruns. Je me rappelle l'avoir trouvé beau, la première fois qu'on me l'a présenté, mais je n'ai plus accès au souvenir exact. Son image s'est tellement polie avec le temps. Les couleurs s'effacent. Les traits s'estompent au fil des jours.

*

Je pense au couteau. Je pense dissection anatomique. Je pense supplices. Le tatouage dans le dos de Nessim. Une croix destinée à protéger les marins du fouet. L'ancien marin devenu docker par amour des bateaux et de leurs entrailles. Des promesses de voyages. Ceux qu'il faisait naître en moi, que nous ferions ensemble.

« Un simple visa de tourisme. »

À cause de la révélation des flics sur son identité, les portes du monde se referment à nouveau.

Alexandre va nager pour se détendre avant de dîner. Il avait perdu depuis longtemps l'habitude de le faire. La piscine était devenue un élément du décor, un luxe si quotidien qu'il apparaissait banal. Mais la mort de l'Arabe l'a mis sur les nerfs.

*

— Arrête de me fixer comme ça, Salma ! On dirait que tu ne comprends pas. Tu n'as jamais peur de rien, toi ?

— Qu'est-ce que je pourrais redouter ? Je sais qu'il n'y a que cette vie à vivre, ici et maintenant, et la mort à attendre.

Elle se renfonce dans sa chaise longue. Autour de nous, la nuit est tombée.

— Je ne crains rien parce que je ne veux rien. Mon boulot m'a vaccinée. À mesure que je fais croître les désirs inutiles des autres, les miens disparaissent.

Elle tire longuement sur sa cigarette. Elle reprend d'une voix posée :

— Toutes ces femmes pourront bien marcher vers la mort avec leurs talons de douze centimètres, et ces hommes y voler en business class, l'ordre de leur décomposition n'en sera pas modifié.

Au loin, les lumières de la ville, les taches noires de la végétation. Elle éteint sa cigarette.

— Moi, j'ai choisi de rester assise, ça me fera moins de chemin quand je poserai le premier genou à terre.

Elle se tourne vers moi :

— Je n'ai aucun espoir. Je n'interpose aucun

meuble Ikea, aucune Rolex, entre moi et la mort. Je n'habille pas ma solitude d'une robe Yves Saint Laurent, ni d'une bague Chaumet ; je ne cache pas l'horizon de cendre derrière une paire de Ray-Ban.

« Tu ne trouveras nulle part une femme plus heureuse que moi. »

18

Le fantôme

Dès que nous avons emménagé à Sommerville, j'ai senti un malaise. J'en ai parlé à Salma aussitôt.

— L'appartement est hanté, lui ai-je annoncé.

Salma m'observe. Elle tire sur sa cigarette.

— Comment ça ?

— J'ai dit à Alexandre que je ne sentais pas cet endroit. Il a haussé les épaules. Il a dit : « Qu'est-ce qui t'arrive ? Tu ne vas pas entrer dans les délires feng shui. Ça va passer, tu verras. »

« Mais le malaise ne s'estompe pas. Il s'amplifie de jour en jour. Chaque fois que je suis dans ma chambre, je sens comme une présence hostile. Quelqu'un ou quelque chose qui me crierait de m'en aller. Alexandre n'acceptera jamais de déménager, c'est sûr. Il brandira des arguments rationnels : prix du déménagement, caprice non fondé, perte de temps… Surtout, le loyer de l'appartement est tellement bas. Un tiers de moins que le prix du marché.

« Pendant la journée, j'essaie d'éviter la chambre. Et la cave. Les deux endroits où je me sens le plus mal. Je tâche de rester dans le salon. Mais je suis trop gênée lorsque Fely descend la petite. Je culpabilise.

Je la prends dans mes bras. Mais tu sais comment c'est, elle est toujours si chaude ! J'ai l'impression qu'elle veut s'enfoncer dans ma peau, qu'elle fond.

« Comme je suis embarrassée de rester là, bras ballants, pendant que Fely s'occupe de la gamine, je finis par battre en retraite. Mais il n'y a nulle part où aller. Aucune pièce qui soit à l'abri des regards, excepté ma chambre. Alors j'y retourne. Je me dis qu'à force de persévérance je m'acclimaterai.

« Je m'assois sur mon lit. Je cherche à localiser la source de mon trouble. Mais il n'y a rien sinon des murs blancs, le lit aux draps lisses, les placards, le vaste miroir mural. Je finis par croire le miroir responsable de mon malaise. Je me place devant pour m'habituer à lui. Je reste des heures, debout. Je tente de l'apprivoiser.

« En face de moi, il y a cette femme aux yeux bleu foncé, aux longs cheveux châtains. Moi. Derrière, j'ai l'impression de voir passer une ombre. Je me retourne. Je n'aperçois rien que les nuages reflétés sur la clarté des murs.

« Et puis, hier, j'ai eu le fin mot de l'affaire. Depuis février, il y a une fuite au plafond. Les jours de fortes pluies, des gouttes coulent dans la chambre. Hier, donc, je me décide à appeler le manager. Quand je lui donne le nom du bloc, il m'explique qu'aucun ouvrier n'acceptera de se déplacer chez nous. L'appartement est hanté.

« J'appelle l'agent immobilier. Je l'interroge, j'insiste, je refuse de raccrocher. Il finit par avouer : le faible prix de location est dû à la présence d'un esprit. Lui-même répugne à le faire visiter. Quant aux ouvriers et aux femmes de ménage, ils refusent carrément d'y mettre les pieds.

« Tu me connais, je suis une femme rationnelle. Mais ici, en Asie… Malgré moi, l'hypothèse grandit. Et si une femme hantait mon appartement ?

« Dès son retour, j'en parle à Alexandre. Il éclate de rire. Il me caresse machinalement les cheveux, pour me rassurer.

« — Pourquoi tu crois qu'ils proposent un loyer aussi bas ?

« — Tu savais ?

« — Évidemment. Quand j'ai vu combien il coûtait, je me suis méfié. Je ne l'aurais jamais pris sans avoir vérifié la raison du rabais. Tu imagines qu'il y ait eu un défaut caché ?

« Je suis si outrée que je crie :

« — Un fantôme, ce n'était pas un défaut suffisant ?

« — Essaie d'être un peu raisonnable. Et laisse les morts où ils sont — sous la terre, en train de pourrir.

« Maintenant, chaque fois que je me poste devant le miroir, je vois une ombre à la place de mon reflet.

*

Salma me regarde. Je sens qu'elle ne me juge pas. Contrairement à Alexandre, elle ne se dit pas que je suis folle. Elle répond :

— Tu connais Pontianak ?

— Non.

— C'est l'esprit d'une femme morte en couches. Un vampire, qui apparaît la nuit, parfois avec un bébé. Elle se trouve le plus souvent sur le bord d'une route ou sous un arbre. Elle a une chevelure noire comme l'aile d'un corbeau. Elle est jeune et belle. Quand elle a attrapé quelqu'un, elle redevient une vieille immonde, qui se nourrit du sang et des viscères de ses victimes.

19

L'Indienne

Ce n'est que quelques mois plus tard que je suis parvenue, grâce à Salma, à reconstituer tous les éléments.

Quand je lui ai annoncé qu'une Indienne venait de se suicider, en se jetant du douzième étage, Salma ne m'a pas demandé quels étaient nos liens, ni si nous en avions. Elle n'a pas non plus trouvé mon désarroi incongru.

Elle se lève et me propose d'aller au restaurant. Je la suis sans répondre. Il est dix-neuf heures trente, le lendemain d'Hari Raya. Nous sortons. L'air est doux et moite. L'odeur de terre et de pourriture qu'a exhalée la pluie reste perceptible. Nous partons à pied rejoindre l'arrêt de bus. J'étouffe trop pour m'enfermer dans un taxi. Le bus est aux trois quarts vide. À l'intérieur, une affiche déroule l'inscription habituelle : « *Our security is in your hands. See something suspicious ? Call 999.* » *Notre sécurité est entre vos mains. Si vous voyez quelque chose de suspect, composez le 999.*

Dehors, sur de nombreux panneaux, sur les murs, sur les taxis, dans le métro, on peut lire la célèbre mise en garde du gouvernement singapourien : « *Low crime doesn't mean no crime. Beware.* » *Faible taux de criminalité ne veut pas dire pas de criminalité du tout. Prenez garde.* Même appel à la vigilance, numéro de téléphone pour signaler les comportements suspects.

Plus tard, je repenserai à ces panneaux quand l'inspecteur Mikael Lim nous dira :

— Ce n'est pas la peine de mort qui dissuade les criminels d'agir, c'est la taille de Singapour. Quand on commet une faute ici, il y a toujours quelqu'un qui vous a vu. Qui vous connaît, ou qui connaît un de vos proches. Toujours quelqu'un qui vous dénonce…

L'inspecteur Keshav Ramsey a ajouté :

— De toute façon, les criminels ne peuvent pas fuir. C'est une île. Ils sont pris au piège. Faits comme des rats.

*

Nous avons marché quelques pas pour atteindre l'Esplanade. Nous sommes passées devant les Durians, puis nous avons grimpé des escalators jusqu'au toit. Nous allons dîner à l'Orgo, un restaurant tape-à-l'œil avec vue sur le quartier des affaires. Les gratte-ciel se reflètent dans la Singapour. Il fait presque bon. Le nom des plats est en français mais aucun serveur ne le parle. Nous articulons les mots avec l'accent anglais pour espérer nous faire comprendre. Salma s'attarde sur la carte. Finalement, elle relève le menton :

— Tu savais que le suicide est interdit par la loi, ici ?

— Comment ils font ? Ils verbalisent les morts ?

— Non, mais si tu veux en finir, il ne faut pas te louper. Il y a un ou deux mois, un homme s'est jeté de son balcon. Quarante mètres de haut. Il a atterri dans une piscine. Indemne. Juste quelques égratignures. Un miracle.

— Et alors ?

— L'État le poursuit en justice pour tentative de suicide. Il risque un an de prison.

Le vin et la chaleur ne me permettent pas de réfléchir avec clarté. Ils interposent entre les paroles de Salma et la réalité un rideau d'images. Je vois l'Indienne se redresser. La tache de sang s'efface sur les dalles. Son corps se referme. Elle n'est pas morte. Tout lui revient : le bébé, les pleurs, le balcon. Et les nuages.

Nos regards se croisent fugacement, puis nous observons un point au loin, sur la rivière. Salma allume une cigarette. Elle reprend :

— Tu sais pourquoi elle t'obsède ?

— Non.

— Parce qu'elle est morte le 19. Et hier, on était le premier jour du septième mois lunaire chinois.

— Et alors ?

— C'est le jour où les frontières de l'Enfer s'ouvrent et s'échappent les fantômes affamés. Les *hungry ghosts*.

— J'ai honte, mais je ne sais pas de quoi tu parles.

— Les Chinois de Singapour font une fête pour les morts, histoire de s'assurer qu'ils ne vont pas trop les emmerder pendant l'année. Au départ, c'était pour les coolies décédés ici et mal enterrés. Aujourd'hui, on leur fait brûler des cadeaux pour les amadouer. Des faux billets, des fausses voitures, des fausses maisons. Tu n'as pas vu à Chinatown, ils vendent des Ferrari en papier ?

— À part avec toi, je ne sors pratiquement jamais.

— Tu devrais, ça te changerait les idées.

— Pour croiser des fantômes de Chinois dans les rues, non merci.

— Tu ne crois pas si bien dire. Il y a deux semaines, une vieille dame a organisé un mariage pour son fils. Elle y a fait brûler plein d'objets pour son fils et sa belle-fille.

— En prévision de leur mort ?

— Non, non. Le marié en question était le fœtus d'un enfant dont elle s'était fait avorter cinquante ans plus tôt. D'après elle, il n'arrivait pas à trouver la paix. Mais il a rencontré l'amour. Alors, il est venu hanter sa vieille mère. Il exigeait qu'elle organise une union religieuse entre son âme et celle de sa fiancée. Depuis les noces, il n'est jamais revenu.

Salma fume en silence. Elle dit encore :

— Pendant le mois des fantômes, inutile d'appeler un taxi la nuit si tu es seule. Les chauffeurs ne prennent pas de femmes aux cheveux sombres. Au cas où elles seraient des esprits. Comme Pontianak.

Je venais de trouver le vrai nom de mon Indienne. Pontianak. Et de comprendre enfin qui hantait mon appartement.

Elle se jette du douzième étage de son condo, le 19 août.

Plutôt que les paysages de silence et de vide, elle préfère prendre son élan. Devenir une peinture abstraite. Rejoindre les nuages, même un instant.

Durant Hari Raya, elle emporte dans sa chute un bout de ma raison et me laisse un peu de son désespoir.

20

Taches

15 septembre, fin d'après-midi. *Je sors des toilettes, l'esprit noyé dans le désarroi. Un poème de Cendrars froissé en boule dans mon poing. Ludivine était à mes côtés :*

— Tu ne sortais plus. J'ai cru que tu te sentais mal. Ça va mieux ?

Elle me fixait. J'ai hoché la tête. Elle m'a dit :

— Je t'enverrai un texto pour te dire si j'ai réussi à prendre rendez-vous au Fullerton.

C'est là que je me suis aperçue que j'avais oublié mon téléphone portable chez Nessim. Lors de l'appel d'Alexandre, je l'avais posé quelque part. je l'y avais laissé. Il allait falloir affronter Nessim à nouveau pour le récupérer.

*

La température est devenue supportable. Quelques activités démarrent de part et d'autre de la piscine. Jeux de ballon avec les gosses, décapsulage de bières. Chips. Je lance à la cantonade, exprès pour être entendue de tous :

— Je vais chercher Louise. Elle est restée avec Fely.

— Je croyais que tu donnais tous ses dimanches à ta maid ?

La question des dimanches a toujours été sensible au condo, ailleurs aussi j'imagine. Le monde des expats se divise en deux catégories : ceux qui accordent tous les dimanches à leur maid et ceux qui ne lui en octroient qu'un par mois, voire aucun. Cette division en recoupe bien d'autres : ceux qui refusent les jours de congé sont aussi ceux qui donnent à manger leurs restes, interdisent de sortir de la maison, donnent trois cent cinquante ou quatre cents dollars par mois. Alexandre et moi appartenons à la première catégorie. La seconde est bien représentée également. Au début, j'ai livré une croisade incessante contre les employeurs voyous. Puis je n'ai plus protesté que pour la forme. J'étais lasse de me faire des ennemis. Quand on vit en vase clos, les inimitiés deviennent inconfortables. Ma fatigue chronique, due au changement de rythme et de climat, a constitué l'élément déterminant.

— Oui, mais aujourd'hui elle ne se sentait pas bien. J'en ai profité pour lui laisser Louise pendant la sieste.

Dès que je suis hors de vue, je commence à souffler. Je continue toutefois à me montrer prudente. Je me retourne pour voir si Ludivine ou n'importe qui ne m'a pas emboîté le pas. Je m'arrête devant la tour de Nessim. Je jette un regard vers la droite, la gauche. Je me faufile dans l'entrée et monte chez lui.

*

La porte est restée entrouverte. Je la pousse. J'entre.

Un ordre inhabituel règne dans l'appartement.

Le lit de jour balinais est à sa place. Les masques également. Sur l'un d'eux, je distingue une trace de mousse blanche. Manifestement, quelqu'un vient tout juste de l'éponger.

Mélange d'odeurs. Écœurante puanteur de charogne, effluves d'hôpital. Relents de tabac froid. Et une touche de parfum de femme. L'Heure bleue.

Le canapé aux teintes fanées a également été frotté avec soin. Il est encore humide. Évidemment, cette toilette n'a pas permis d'enlever les traces de sang. Au contraire, elles s'étalent en dégradés de rose. Rose blanche, là où l'eau de Javel a décoloré le tissu. Rose thé, là où l'éponge n'est pas passée. Rose rouge, quand la Javel s'est mêlée au sang.

Au milieu de ce bouquet, il y a le corps de l'Arabe blond. Il ne porte pas de chemise. Son tatouage en forme de croix n'est plus visible. À sa place, le couteau a dessiné d'autres motifs moins convenus. Les plaies se rejoignent. Je pense à Rorschach. Aux écorchés. Au supplice des mille coupures. Je pense tableau rouge sur fond rose. Je pense au tracé aléatoire des nuages.

Je sors *La Prose du Transsibérien* de la bibliothèque.

Nessim n'aura pas eu le temps de me lire la fin. Je cherche où il s'est arrêté. J'entreprends de lire les derniers vers.

*

— Mon réflexe te semble peut-être bizarre, ai-je dit à Salma.

— Je ne crois pas. On lit toujours des textes pendant les enterrements. La littérature et la mort vont bien ensemble.

— Non. Non, il y avait quelque chose de beaucoup plus égoïste que ça. Je voulais éviter que les paysages ne disparaissent. Je ne voulais plus retourner dans les espaces de silence et de vide dans lesquels j'errais avant de le rencontrer. Je ne savais pas comment faire pour préserver ces terres qu'il avait inventées pour nous deux. J'aurais voulu que, sans lui, elles continuent d'exister. J'aurais voulu pouvoir les convoquer dans mon imagination dès que je le souhaitais.

« Maintenant que sa voix n'ouvrirait plus ni route, ni rail, ni pont.

« Je me disais que les livres recréeraient peut-être les églises, les cathédrales, les paysages de Moscou, les échanges monétaires, les containers, les docks, les lits de jour, les nuits blanches.

*

Je lis. Il ne se passe rien.

J'essaie de me concentrer sur la situation. La tache de sang obstrue mon imagination.

Son dos a été découpé.

Il n'y a pas de couteau près du canapé.

Mon portable a disparu.

21

Don et contre-don

Depuis sa mort, trois jours ont passé. Je m'installe à mon bureau. Il est neuf heures du matin. La fenêtre découpe une parcelle de Singapour. Les fenêtres d'en face, les tuiles roses des toits, le sommet des arbres à pluie, de gros nuages lourds. Des oiseaux blanc et noir, noir et jaune. Des tours, au loin, dont les vitres réverbèrent la lumière du dehors.

J'ouvre ma page Word. Mur où bute mon imagination. Ma tête est vide. *Où fuir ?* En quel recoin de ma mémoire, dans quelle faille du décor me recroqueviller ? Je reste assise. Immobile. Mes yeux se perdent dans le ciel où l'azur commence à ronger les nuages.

L'arrivée de Fely me distrait de la contemplation des ratures bleues. Elle entre sans frapper. Dit d'un ton neutre :

— J'ai tout entendu. Vous vous êtes disputés si fort. Je ne dois pas être la seule. Vous avez crié.

— Ce n'est pas ce que tu crois.

— Je connais votre voix.

— Les apparences sont peut-être contre moi mais je…

— Les autres étaient à la piscine. Sinon, la police vous aurait déjà arrêtée. Il y aurait eu d'autres témoins.

— Je n'ai rien fait. Si tu n'avais pas tout lessivé chez lui, j'aurais les moyens de le prouver !

— Mais j'ai tout lessivé. C'est mon travail de tout nettoyer derrière votre passage.

Elle a prononcé cette phrase avec gravité. Il n'y a aucune ironie, aucune méchanceté dans sa voix. Juste un constat. De gros insectes au corps beige, dont les ailes ressemblent à celles des libellules, volent jusqu'à ma fenêtre. Un instant, le silence n'est interrompu que par le bourdonnement de la clim et des bruits de choc étouffés, chaque fois que les bêtes volantes se cognent contre la vitre.

— Puisque je te dis que… commencé-je.

— J'ai trouvé un portable près du canapé, m'interrompt-elle. J'ai reconnu votre téléphone. Je vous l'ai rapporté.

Elle hoche la tête comme si elle approuvait elle-même son action, comme si elle s'en félicitait. Puis son expression change. Elle me rappelle un instant la petite fille butée que j'étais à six ans. Elle fait une moue volontaire :

— Le couteau, par contre, je le garde.

Je me lève. Je tends le bras. Mon geste est évidemment inutile, elle n'a pas le couteau sur elle.

— Donne-le-moi tout de suite. Je leur prouverai que ce ne sont pas mes empreintes.

— Je ne suis pas si bête.

La sonnerie de mon téléphone me fait sursauter. Fely le désigne d'un air dégoûté :

— J'ai dû frotter dur pour effacer les traces.

Le nom de Ludivine s'affiche. En temps normal, je n'aurais pas décroché. Je saisis l'occasion de cette diversion. Sa voix est un peu criarde :

— On est à la piscine, on t'attend.

Elle l'a dit d'un ton qui ne souffre aucune contestation. Ma montre indique neuf heures vingt-sept. Ma page vide. Vide et blanche. Dehors, l'azur a dévoré les nuages, bannissant du paysage les dessins éphémères, les promesses aléatoires. Oppressée par l'uniformité du ciel, je me tourne vers Fely. Ma voix se fait suppliante.

— Combien tu veux ?

Elle réfléchit. Je m'engouffre dans ce mince espoir. J'insiste :

— Alexandre a de l'argent, tu sais. Je pourrais t'aider à… Je ne sais pas… Qu'est-ce qui te plairait ?

Elle sourit.

— C'est gentil de poser la question. En général, les employeurs ne le font jamais. La seule question que la famille chinoise qui m'a battue m'ait jamais posée, c'est « Ça t'a coûté combien ? » quand je rentrais des courses.

Encore une fois, je ne décèle aucune ironie dans sa voix.

— J'imagine que tu aimerais retourner aux Philippines. Revoir ta famille.

Elle soupèse ma proposition. Elle finit par répondre :

— Pas vraiment.

— Donne-moi ton prix, insisté-je. Tout le monde a un prix.

— J'aimerais ouvrir un centre de massage pour les touristes.

— Parfait ! Je te paierai le billet d'avion. Tu t'en iras avec un petit pactole, de quoi ouvrir ton spa. Repartir du bon pied.

Mon portable sonne à nouveau. Ludivine. Je me lève.

— Combien tu veux ?

*

Les femmes sont allongées de tout leur long dans le petit bain. Il y a Marjorie, Bérangère et Ludivine. Écrasées par la chaleur. Toutes les trois portent un maillot de bain noir, de sorte qu'elles ressemblent à des cafards ballottés à la surface. Leurs visages suent. Leurs conversations suintent l'ennui et la méchanceté. Sans nuages, la chaleur est insupportable. Même l'eau du petit bain n'apporte aucune fraîcheur. Il n'y a pas un souffle d'air. Un bébé trouve tout de même la force de crier, à moins qu'il ne s'agisse d'un chat.

— Vous venez manger ce soir ? Jean-Louis est à Shanghai pour quinze jours.

— Moi, je peux pas. Le mien va rentrer d'Australie. Il ferait la gueule si je n'étais pas là pour l'accueillir.

— Moi, il rentre après-demain.

— Bon, on sera au moins deux.

— Et toi, Elsa ?

— Il ne part jamais en voyage, mais c'est tout comme. Il n'est jamais là. Je veux dire, même quand il a le cul posé sur le canapé. En gros, je me rappelle que j'ai un mari la nuit, entre deux et trois heures du matin, quand je me réveille et qu'il m'a piqué le drap.

— Moi, dit Marjorie, c'est tous les soirs de vingt heures à minuit. À cause du son de la télé.

Elles sourient. Contrairement à moi, elles ont le désespoir domestiqué.

*

— Ce qui est arrivé à Nessim… commence Ludivine. C'est tout de même…

— Les flics pensent qu'il avait une poule, balance Bérangère.

Ludivine se tourne brutalement vers moi. Elle ne me lâche pas des yeux. Marjorie fronce les sourcils, elle feint des accents de terreur :

— Elle vit peut-être ici. Imaginez si c'était l'une d'entre nous !

— Impossible, inspecteur, s'amuse Bérangère. On était ensemble quand il a été buté. On peut tous témoigner.

— On pourrait imaginer, poursuit Marjorie d'un air gourmand, qu'on l'a tué tous ensemble, comme dans *Le Crime de l'Orient-Express*.

— Notre mobile ? interroge Bérangère.

— L'argent, hasarde Marjorie.

Elle se reprend :

— Non. Non. Bien sûr, pas l'argent : la jalousie. Il nous en a préféré une autre. Dans un autre condo.

— Mais non, soupire Bérangère. Le dimanche après-midi, on est trop fatiguées pour être jalouses.

Et si on l'a tué ensemble, il nous faut un mobile commun aux femmes et aux hommes.

Marjorie réfléchit. Je me redresse, je hausse les épaules :

— Il n'y a qu'une solution. L'ennui.

— Évidemment, répond Bérangère. J'aurais dû y penser.

— Un dimanche comme tous les autres, poursuit Marjorie, à boire des bulles et écouter les hommes parler de performances sportives ou boursières.

— On s'emmerde tellement, ajouté-je, que c'en devient intolérable. Alors, on décide de… de lui démonter la gueule.

Les yeux rivés sur moi, Ludivine n'entre pas dans le jeu :

— Tu es repassée chez toi. Tu n'as rien vu ?

Je secoue la tête :

— Non, rien.

Marjorie sourit à Ludivine :

— Toi aussi, tu es repassée chez toi. Qui nous dit que tu ne l'as pas tué ?

Marjorie lui adresse un clin d'œil. Ludivine prend un air buté.

— J'ai toujours eu l'impression que tu ne l'aimais pas, insiste Bérangère. Mais à ce point, tu exagères !

Nouveaux éclats de rire.

— C'est vrai, je ne pouvais pas le sentir, répond Ludivine avec sérieux. Ce type était un flambeur. Un don Juan.

— Tu dis ça parce que tu es jalouse, plaisante Marjorie. Il ne s'intéressait pas à toi. Il draguait Elsa.

— Ce n'était pas une raison pour en faire de la

charpie, sourit Bérangère. Ça salope les appartements.

Elle agite le doigt en direction de Ludivine, mimant les réprimandes d'une mère à son enfant. Ludivine conserve un sérieux à toute épreuve.

— Sans compter qu'un meurtre dévalorise l'immobilier, note Marjorie. Sois sympa, pense aux propriétaires.

Ludivine ne sourit pas. Elle continue à me fixer.

*

À seize heures, nous barbotons toujours. Les visages en nage, les corps d'insectes flottant dans cinquante centimètres d'eau. Il y a maintenant beaucoup d'enfants qui s'ébrouent autour de nous. Nous restons en plein milieu. Nous étions là les premières. Le ventre de Marjorie gargouille. Elle le caresse pour l'amadouer et lance l'idée de prendre un en-cas. De l'idée à la réalisation, le pas s'avère difficile. Aucune de nous n'a le courage de se relever. Finalement, Bérangère hèle la serveuse du restaurant et commande des glaces. Un bébé se met à hurler. Marjorie aperçoit sa maid et son nouveau-né. Elle fronce les sourcils :

— Elle peut pas s'en occuper ailleurs, franchement ? Comme si c'était agréable pour moi de l'entendre pleurer.

— Au moins, tu peux la surveiller. On ne sait jamais ce qu'elles sont capables de faire !

— Fely est là aussi, avec ta fille. Tu l'as vue ?

Je sursaute. De l'autre côté du bassin, Fely me

scrute. Elle serre ma fille dans ses bras. Je pense la lui arracher, mais je reste là, sans esquisser un geste, dans le petit bain. Les crèmes glacées arrivent. Une dizaine de Philippines sont assises, par groupes de deux ou trois, autour du bassin. Je suce mes boules chocolat framboise en épiant Fely.

— On pourrait peut-être leur en acheter aussi ? je hasarde.

— Arrête d'être toujours si sympa, dit Ludivine. Tu vas être très déçue. J'étais comme toi, au début. Eh bien, un jour, ma maid a rencontré un homme. Et hop, du jour au lendemain, elle s'est barrée. Comme ça ! Te trompe pas : elles ne sont pas là pour toi, elles sont là pour l'argent !

*

Quand je marche dans sa direction, Fely se lève. Elle accourt au-devant de moi. Elle porte son visage de maid.

— Vous voulez quoi, m'ame ?

— T'offrir une glace.

— Non merci, m'ame.

Je lui prends Louise des bras. L'enfant relève la tête. Elle me sourit. Je la serre contre moi. Aussitôt, des gouttes de sueur perlent sur ma joue. Louise s'ennuie. Elle se tortille pour m'échapper. Je la maintiens fermement en fixant Fely.

— Combien tu veux ?

Furieuse qu'elle cherche à se débattre, je continue à maintenir Louise. Je suis en nage.

— D'abord, j'exige que vous me regardiez quand

vous me parlez. Pas comme un meuble, un arrière-plan du décor. Si vous saviez le nombre de fois où vous m'avez parlé sans prendre la peine de me voir…

Un fil invisible semble se tendre et nous attacher l'une à l'autre.

La petite fille me jette un regard terrifié. Elle se met à hurler. Je la tends d'un geste rageur à Fely. La gamine cesse de pleurer. Elle me regarde en souriant derrière ses larmes, comme si elle me remerciait.

22

Charité

— Même si je n'avais rien fait, les apparences étaient contre moi. Fely avait un couteau, et Ludivine des intuitions. Et chacune détenait un bout du puzzle.

— Tu étais leur jouet, conclut Salma.

*

Courant octobre, le groupe de charité s'est réuni dans une *black and white* de Holland Village. Notre hôte, Chantal Lauris, est une femme très grande, d'environ un mètre quatre-vingts. À cinquante ans passés, elle surclasse en beauté la plupart des femmes de l'assistance. Elle parle avec l'accent particulier des gens bien nés de Boulogne ou Neuilly. Elle nous a fait d'abord visiter son jardin, encadré par les bambous, les bougainvilliers et les frangipaniers en fleurs. Chantal Lauris a raconté qu'elle venait d'y découvrir un serpent fouet dans un arbre. Mince comme un doigt, long de deux mètres, vert fluorescent. À cette évocation, nombreuses sont celles qui ont frissonné, tant de frayeur à cause de l'animal que du plaisir de se trouver parmi les élues foulant la pelouse de son jardin.

La maison s'élève sur deux étages. Les meubles sont à dominante de bois clair, les couleurs des voilages, des nappes et des canapés, un dégradé de tons pastel. Il y a une balancelle, un lit de jour aussi, des fauteuils à bascule. L'intérieur a des langueurs de vieille fille. Sa propriétaire, qui en est totalement dénuée, mène tambour battant la réunion du groupe de charité. Ludivine la dévore des yeux.

— Ce sera enfin l'occasion, clame Chantal Lauris, de rendre un peu de l'amour qu'on nous a donné !

Les participantes appartiennent toutes à la paroisse francophone, la chapelle du Good Shepherd, à Marymount. Comme me l'avait dit Ludivine, elles constituent la crème des expatriées. Elles nous scrutent sans se donner la peine d'être discrètes. Ni Ludivine ni moi ne répondons à leurs critères. Mon short, mes baskets de marque indéterminée leur ont déplu. La robe de Ludivine est aux leurs ce que le mousseux est au champagne. Pourtant, elles nous témoignent un vif intérêt. J'ai beau me creuser les méninges pour en comprendre la raison, je ne trouve pas. Dans mon innocent égocentrisme, je finis par l'attribuer à mes livres.

— Moi, je m'appelle Évelyne. Je viens ici en cachette de mon mari.

Chantal Lauris lève les sourcils.

— Il est athée à ce point ?

— Non, il va à la messe de Noël. Mais il a peur que ça ne me fasse déprimer, de rencontrer des gens malheureux. Il dit que, quand il rentre le soir, il veut une femme de bonne humeur.

Chantal Lauris hausse les épaules. Elle a fait fortune en ouvrant une boulangerie française, devenue une chaîne. Maintenant, elle touche les dividendes de ses trois boutiques.

— Moi, dit une autre, je viens par plaisir. Je suis toujours prête à sortir le chéquier et à aller m'amuser à des dîners de charité pour les pauvres !

— Moi, j'ai déjà eu une expérience intéressante dans le bénévolat. On réinsérait des délinquantes de Singapour grâce à la couture. En cinq séances, elles apprenaient à faire une robe à smocks.

Elles attendent toutes notre tour de parole. Ludivine semble excitée comme une artiste qui vient d'entrer en scène.

— Je me suis toujours intéressée aux autres.

Son message s'adresse davantage à Chantal Lauris et ses amies qu'aux Français en difficulté que nous sommes venues aider. À voir comment ces femmes dévisagent Ludivine, je comprends progressivement que mes romans ne sont pour rien dans leur intérêt.

C'est mon tour.

— Je vais écrire un livre sur les femmes expatriées à Singapour. Je ne pouvais pas ne pas venir ici.

— Quel genre de livre ? me demande-t-on.

— Un roman.

On me sourit, on fait mine de s'intéresser par correction. Puis, quand chacune s'est présentée, Chantal Lauris explique le but du groupe de charité : aider les expatriés français en difficulté. Les participantes, par groupes de deux, sont invitées à apporter une aide bénévole auprès de ces familles dont les soucis peuvent aller du divorce à la maladie.

Je lève la main :

— Quel genre d'aide est-on supposé fournir ? Vu que personne n'est ni psy, ni médecin, je veux dire. Une aide financière ?

— Non, morale, répond Chantal Lauris.

Je m'apprête à répliquer mais Ludivine m'adresse une légère pression du pied sous la table.

— Le cas le plus terrible auquel nous sommes confrontées cette année, reprend Chantal Lauris, concerne une mère de famille souffrant d'un cancer du cerveau. D'après les médecins, elle n'en a que pour quelques mois. Mais parfois, il y a des miracles.

Je lève le doigt à nouveau :

— Vous avez eu accès à son dossier médical ? On a le droit de divulguer ces informations ?

Chantal Lauris hausse les épaules :

— Pour l'aider, il faut qu'on sache certaines choses. Mais si ces informations heurtent certaines sensibilités, je n'en dirai pas plus sur son état de santé. Sa situation familiale, par contre, est très préoccupante. Son mari se comporte comme un tyran. Les relations du couple se sont dégradées au point qu'il refuse de lui donner certains médicaments qui pourraient la soulager. Les bénévoles auront donc pour mission de lui rendre visite pour qu'elle se sente moins seule. Elles pourront aussi l'aider à effectuer certaines tâches : ses courses, par exemple. Elle n'arrive plus à s'occuper de ses enfants non plus. On pourrait imaginer de les emmener au parc. Ou même de se cotiser pour leur payer le cinéma.

Les exclamations fusent. Lors du marché aux malheureux, toutes les mains se lèvent pour acquérir celle qu'on nomme « le cancer du cerveau ». J'observe les nuages par la fenêtre. Ludivine se penche vers moi :

— Elle est pour nous ! On doit l'avoir.

J'essaie de me concentrer sur la situation. Un pli de détermination barre le visage de Ludivine. Je cherche des arguments, je n'en trouve pas. Mais sa motivation est si forte qu'elle finit par emporter le morceau. Elle me regarde avec bonheur quand la malade lui est attribuée. Et me désigne pour l'accompagner.

Après la répartition, la maid de Chantal Lauris nous sert du thé, des gâteaux et des morceaux de pomme. Plusieurs femmes commentent les variétés que l'on peut trouver à Singapour.

— Tu achètes des Granny ? Moi, si j'achetais autre chose, mon mari et mes fils me tueraient.

Mon attention flotte quelque part vers le plafond.

— Et la police a des suspects ?

J'atterris. Devant nous s'est formé un attroupement. Les spectatrices nous observent avec avidité. Elles attendent qu'on leur serve leur livre de chair. Je déchiffre enfin leurs visages ; elles ont flairé en nous l'arôme et la saveur du sang.

*

— Je ne te crois pas. Tu n'as pas accepté de t'occuper de cette cancéreuse uniquement pour que Ludivine ne leur balance pas ta relation avec l'Arabe.

— Pourquoi j'aurais fait une connerie pareille, d'après toi ?

Sur le siège près du mien, Salma, les yeux fermés, paraît dormir.

— Par curiosité, répond-elle.

En une image brutale, je revois les pieds de la malade. Je repousse le souvenir. Je sais que j'y reviendrai car il a également sa part dans le déroulement des événements. Mais plus tard. Plus tard, les pieds, les jambes, le ventre, les bras, la pourriture en marche. Plus tard, la décomposition. Plus tard, ce corps charogne posé sur des draps de satin blanc.

— J'aurais aimé que tu m'accompagnes, dis-je à Salma. Tu aurais su lui parler, toi qui n'as pas peur de mourir.

Salma éclate de rire.

— Tu as raison, j'aurais pu lui offrir une paire de chaussures. Lui faire croire que leurs talons de douze centimètres allaient la guérir.

Son rire finit par me vexer. Je voudrais bien dire quelque chose qui l'atteigne. Mais je la connais par cœur, elle hausserait les épaules et allumerait une nouvelle cigarette.

23

Le secret de Didier Launay

Les flics sont revenus une dizaine de jours après sa mort, en pleine journée. À quatorze heures, la chaleur atteignait un pic. Keshav Ramsey suait sous son chapeau. Même l'inspecteur Lim avait le front légèrement voilé. Ils ont posé un magnétophone devant moi :

— Acceptez-vous qu'on enregistre la conversation ?

— Oui.

Mikael Lim a eu l'air satisfait. Sur son visage est passée une expression de joie enfantine. Il a tapoté la petite machine noire comme s'il se trouvait en possession d'un trésor. Son collègue a remis en place son chapeau vert sur son front. La machine s'est enclenchée.

— Nous avons appris des choses surprenantes sur Didier Launay.

L'inspecteur Ramsey se frotte les mains. Il marque une pause avant de reprendre :

— Il voyageait, comme on vous l'a dit, avec un visa de tourisme de trois mois. Il se trouvait à Singapour depuis deux mois et demi. Sur l'historique des sites Internet qu'il avait consultés les derniers jours, on a trouvé plusieurs recherches sur le coût des vols Singapour-Shanghai.

— Il allait partir ? j'articule.

— Impossible de l'affirmer, répond Mikael Lim. Ce dont on est sûrs, en revanche, c'est qu'il allait devoir quitter le territoire ou renouveler son visa, qui expirait quinze jours plus tard.

Fely s'approche de la table basse, un plateau dans les mains. Elle le dépose et nous sert de l'eau plate, pétillante et du jus de citron. Je la remercie. Nos regards se croisent. Keshav Ramsey la remercie également. L'inspecteur Lim saisit son verre sans la voir. En buvant sa citronnade, Keshav Ramsey reprend :

— Son appartement ici appartient à une femme. Elle le lui avait prêté. On a eu beaucoup de mal à la contacter parce qu'elle voyage beaucoup.

— Mais on y est parvenus, complète l'inspecteur Mikael Lim. C'est une Algérienne, fille d'un riche banquier. Elle s'appelle Nassima Boudjaaba. Il vous en avait parlé ?

Je m'imagine son intérieur. Je passe en revue les meubles, les teintes roses fanées, les livres. Je comprends que rien de tout cela ne lui appartenait. Je m'étais assise sur le canapé d'une femme inconnue, j'avais fait l'amour sur son tapis avec un homme qui avait un faux nom. J'avais admiré un lit de jour qu'il n'avait pas marchandé à Bali.

— Jamais.

— Il a dû en profiter pour lui « emprunter » son patronyme. Est-ce que vous avez une idée de la raison pour laquelle il aurait voulu changer de nom ?

— Aucune.

— Il jouait beaucoup ?

— Il avait l'air d'aimer le poker.

— Et le casino ?

— Je ne sais pas.

Fely passe le balai dans le salon. J'ai une bouffée de colère contre elle. Une brusque envie de la battre. Puis je me souviens. Tous les samedis matin, elle balaie, passe l'aspirateur ou la serpillière pendant qu'Alexandre et moi déjeunons. Nous la remarquons surtout quand le bruit de l'aspirateur couvre la radio. Une fois, Alexandre m'a glissé, agacé :

— Elle ne pourrait pas faire ça à un autre moment ?

Puis il s'est ravisé :

— Non, je dis des conneries. Elle bosse tout le temps, et pour un salaire de merde. On peut bien supporter le bruit de l'aspirateur.

Les inspecteurs ne semblent pas s'apercevoir de sa présence. Mikael Lim me sourit :

— Vous saviez que Didier Launay avait emprunté vingt-cinq mille dollars à votre mari ?

24

Le menteur

— Tu le savais ? me demande Salma.

— Bien sûr que non ! Quand j'ai appris qu'ils étaient allés au restau ensemble, je suis tombée des nues. Alors un emprunt de vingt-cinq mille dollars…

— Et qu'il mentait ? Tu ne t'étais jamais aperçue qu'il mentait ?

— Qui, Alexandre ?

— Non, Nessim.

— Si, une fois…

*

J'étais allongée sur le lit de jour dans la moiteur étouffante de la fin août. Les portes-fenêtres étaient grandes ouvertes mais les voilages blancs étaient tirés pour que personne ne me voie. L'absence de courants d'air les rendait immobiles. Les yeux au ciel, je me diluais dans le plafond, accablée par la chaleur. À bien l'observer, il était beaucoup moins uniforme que ma page d'ordinateur, où rien ne s'écrivait. Près d'un coin courait une fissure de dix centimètres. Elle était bordée de taches d'humidité jaunâtres, tirant sur le vert. Nessim m'a apporté un thé brûlant.

— C'est la boisson des Bédouins, disait-il. Celle du désert.

Je regardais la vapeur s'élever de la tasse, posée sur la table basse devant moi. Les volutes formaient des esquisses, comme des pensées abstraites, comme mon livre qui s'ébauchait sans vouloir s'écrire.

Nessim est venu s'asseoir derrière moi. Son corps a formé une coquille pour le mien. J'avais l'impression de fondre tout entière. Je me voyais tel un cierge blanc qui, au feu, perd sa forme, sa couleur et finit par disparaître.

J'ai dit :

— Je t'ai aperçu ce matin.

— Où ça ?

— À quelques pas de One North. Je sortais de chez Salma. Et toi, tu semblais te diriger tout droit vers son condo.

— Impossible, je travaillais.

— Je sais, tu me l'avais dit. C'est pour ça que j'ai été étonnée.

— Tu t'es trompée. Ce n'était pas moi.

— Non, je ne me suis pas trompée. J'étais en taxi. La voiture est passée juste devant toi. Je peux même te dire que tu as changé de vêtements. Tu portais un tee-shirt gris et un jean. Tes baskets jaunes.

Il s'est tu. Les volutes déroulaient toujours des formes inachevées.

Au bout d'un instant, j'ai demandé :

— Pourquoi tu as menti ? Tu allais retrouver quelqu'un ? Une autre femme ?

Je ne pouvais pas distinguer son visage, à cause de notre position sur le lit de jour. Je n'avais pas la force de me retourner. De toute façon, je préférais ne pas surprendre l'expression qu'il avait en mentant. Mais j'ai senti un tressaillement léger contre ma peau. J'ai cru qu'il s'agissait d'un mouvement de culpabilité.

Nessim s'est redressé. Mon dos était trempé. J'ai eu une sensation de froid. Puis elle s'est estompée. Son intonation m'a fait relever les yeux. Il avait à cet instant une beauté que je ne pourrai jamais décrire. Il semblait brûler de colère :

— Pourquoi j'ai menti ? Pourquoi je mens ?

Je me sentais trop éreintée pour une dispute. Et trop aussi pour l'interrompre. Ses mots étaient comme de l'eau butant contre un barrage, envoyant tout voler et jaillissant à flots.

— Une autre femme ? Toi qui écris, ne sois pas si vulgaire.

— Pourquoi tu mens, alors ?

— On n'aime que les gens qui mentent. Tu n'as pas remarqué ?

— Alexandre ne ment jamais.

— Bien sûr, ton mari est parfait. Il est beau, sympathique, intelligent. Pourquoi le trompes-tu ?

— Parce qu'il ne m'aime plus, va savoir, dis-je d'un ton amer.

— Mais non ! répond-il d'un ton agacé. Toujours ces explications à deux sous ! Tu vas voir ailleurs parce que avec toute sa sincérité il ne peut rien t'offrir de plus que ce qu'il a.

Il marque une pause. Sa colère s'apaise. Il reprend d'un ton grave :

— Moi, je donne infiniment plus que je ne possède. Mes présents ne se comptent pas avec une calculatrice. Mes terres ne se mesurent ni en arpents ni en mètres.

« Moi, je descends tout un fleuve quand les autres, les gens sincères, commencent à peine à tremper leurs pieds dans l'eau. Je bois aux fontaines qui coulent dans ma tête, j'offre des festins imaginaires. Les oiseaux de paradis me tressent des nuages de plumes orange et bleues. Je déverse des pluies d'or sur les mers desséchées. Les vents jouent des mélodies secrètes pour ceux que j'aime.

« Je parcours un continent quand ils traversent une départementale consultable sur les plans cadastraux. Je suis riche de scènes interdites, de territoires inconnus, j'ai des fortunes qui ne valent rien, je suis pauvre comme un roi. Avec toute leur vérité, ils vivent dans un monde étroit comme un enclos à poules.

« Mais toi, tu n'es pas comme eux. Je l'ai vu tout de suite. Pas comme ton mari et ses amis, plongés dans la fosse à réel. La réalité est souvent une charretière, tu ne trouves pas ?

« Toi, tu connais des mondes où ils n'iront jamais. Des lieux dont ils n'osent pas rêver.

« Je mens pour mentir. Parce qu'il y a un moment où mentir est une politesse.

*

Je regarde l'effet que produit mon histoire sur le visage de Salma. Elle ne montre aucun trouble. J'insiste un peu :

— Je suis presque certaine qu'il est entré à One North… Dans ton condo.

— Bizarre. Je me demande pourquoi il est allé se perdre de ce côté-là de l'île.

— Si tu l'avais vu, tu me l'aurais dit ?

— Je ne sais pas. Moi aussi, je crois que mentir peut être une politesse.

25

La dette

Après le départ des flics, il m'est difficile de retourner m'asseoir à mon bureau. J'attends le retour d'Alexandre. Il n'est que seize heures. Je marche un peu dans le salon. Je sue. Je vais me rasseoir. Le temps refuse de s'écouler. Dehors, une pluie fine commence à tomber. Le tonnerre gronde. Les gouttes deviennent de plus en plus grosses. Elles frappent contre les vitres. Fely court sur la terrasse pour rentrer le linge au sec. Elle referme les portes-fenêtres. Dehors, battu par les rafales d'eau, le bois des meubles gonfle et pourrit. Des hommes pulvérisent une fumée blanche pour nous protéger de la dengue. Leurs machines font un boucan d'enfer et noient les arbres sous la brume.

Finalement, à seize heures vingt, Louise se réveille de sa sieste. Fely la porte jusqu'à moi et me la donne :

— Vous avez remarqué, elle essaie de marcher ?

La petite fille pose sur moi ses grands yeux marron. Elle me sourit, puis tend les bras vers Fely pour qu'elle la reprenne. Fely feint de ne pas le remarquer ; peut-être pour ne pas me vexer. Je fais sauter l'enfant sur mes genoux sans conviction. Elle rit. Dans un élan imprévu, je la serre contre moi. Mais je presse si fort qu'elle se débat pour échapper à mon étreinte. Elle ne pleure pas, elle cherche à s'extraire. Je la pose par terre. Elle rejoint Fely à quatre pattes. Fely la prend dans ses bras. Louise tire sur son nez et attrape ses cheveux. Fely se dégage en souriant. Puis elle me dit :

— Vous devez garder Louise, je vais faire une pause.

Je hoche la tête. Elle soupire :

— Vous avez encore oublié de me regarder. C'est si difficile que ça ? Je ne suis pas si laide.

Elle a raison. Elle n'est pas très jolie non plus. Sa peau a une couleur étrange. Je m'aperçois pour la première fois qu'elle la décolore. Je remarque également qu'elle ne porte pas de queue-de-cheval. Elle a attaché ses cheveux en chignon bas, en plaquant ses mèches sur les côtés. Comme j'ai l'habitude de le faire.

Quand il rentre enfin, Alexandre me trouve avec Louise dans les bras. Le tableau doit lui paraître inhabituel car il m'interroge aussitôt pour savoir où est Fely.

— Elle fait une pause, je réponds d'une voix neutre.

Alexandre attrape Louise et s'amuse avec elle. Il lui siffle un air de jazz. La petite semble le connaître car elle bat des mains aux premières mesures. Le père et la fille s'absorbent dans de petites activités. Il lui tend du pain, qu'elle grignote en souriant. Il lui jette une balle, qu'elle tâche de lui renvoyer. Le temps passe.

*

Plus tard, quand j'ai couché Louise, je rejoins Alexandre en bas. Il est assis devant son ordinateur. J'ai un sursaut d'exaspération :

— Tu ne pouvais pas préparer la table ?

Il me considère avec surprise :

— Je ne sais pas où Fely range les affaires. Elle ne revient pas ?

Il sent ma colère monter et choisit de la contourner :

— Je vais essayer de trouver. Ça prendra trente secondes. Assieds-toi.

Je m'exécute. Je m'assois sur la terrasse. Il n'est que dix-neuf heures trente mais le soleil s'est couché depuis longtemps. L'herbe que l'on voit en bas a des teintes bleu-gris. Alexandre revient avec une bouteille de vin et deux verres à pied.

— Je n'ai pas trouvé le reste. Mais j'ai pensé que ça ferait l'affaire…

Il prend le fauteuil en face de moi. Il me sert.

— Les flics sont revenus, ai-je attaqué. Ils voulaient savoir pourquoi tu avais prêté vingt-cinq mille dollars à Nessim… ou quel que soit son nom.

26

Le caprice

— Pourquoi tu as accepté de lui prêter cette somme ?

Alexandre entamait sa cinquième cigarette. Dehors, la touffeur nous oppressait. La végétation composait des bouquets d'ombre. On devait parfois élever la voix, à cause du chant des crapauds, réfugiés dans les canalisations. Ils sortaient volontiers la nuit, lorsque la journée avait été pluvieuse.

Alexandre est resté silencieux. Je redécouvrais son visage. Nous avions beaucoup vieilli depuis notre rencontre. Au fond, je n'avais pas oublié les traits de sa jeunesse. Son teint plus pâle, ses joues moins creusées. De nouvelles veines couraient désormais sur ses doigts. Quand il bougeait une articulation, la chair ne formait plus un seul pli mais une ramification de minces sillons.

*

Le soir de la partie de poker, quand la dispute menace de dégénérer en bagarre, Max s'efforce d'intervenir :

— Et si on buvait un coup ?

Mais Nessim et Alexandre sont seuls au monde. Nessim poursuit :

— Attention, je ne dis pas qu'on est gagnants et perdants par essence. Ce sont des identités comme les autres : réversibles. Une seule chose ne l'est pas : la grâce avec laquelle on sait gagner ou perdre.

— Et toi, tu perds avec grâce ?

C'est la première phrase que prononce Alexandre. De l'autre côté de la table, Nessim sourit à mon mari. Il lui lance d'un air provocant :

— Essaie-moi dans les deux positions, tu verras.

Sur le visage d'Alexandre passe une expression ancienne. Pendant que Salma éclate de rire, j'essaie de rassembler mes souvenirs pour parvenir à la déchiffrer.

*

Le jour où je rencontre Alexandre, j'ai vingt-deux ans. Dans mon cursus de lettres modernes, j'ai pris une UV en histoire de l'art. Je l'ai choisie à cause de l'intitulé du cours : « la chair entre horreur et beauté ». Il m'évoque une profusion d'images. Le pourrissement, l'extase, la maladie. Il fait naître en moi des bribes d'histoires. Des réminiscences. Je vois le corps d'un oncle qui, souffrant d'un cancer du pancréas, refuse de se soigner ; à la place, il prend des bains d'argile. Il meurt dans des souffrances indicibles. Je vois le corps d'une tante, recroquevillée dans le grenier après avoir avalé de la mort-aux-rats. Je vois le corps en morceaux de mon ami Laurent, dont la voiture vient de s'encastrer dans un pylône. Je vois le corps d'une camarade de deux mètres, nue dans les vestiaires de la piscine. Je vois les cuisses énormes et la taille fine de la première fille que j'ai embrassée. Je vois les mains, les épaules, le torse du premier garçon que j'ai aimé. Je vois la bouche de celui-là, qui me dégoûtait tellement alors que ses bras me fascinaient. Je vois des animaux fabuleux, des organes qui parlent et pensent, les mains de Lady Macbeth frottées l'une contre l'autre, couvertes de sang et pourtant immaculées.

Le professeur commence son cours par les écorchés. Il me regarde quand j'écris, quand je compose mon examen blanc, quand je me déshabille, debout sur son lit, dans un grand appartement sous les toits. Un jour, il m'explique qu'il donne des cours de peinture aux Beaux-Arts. Il me propose de poser devant ses étudiants. Je gagnerais un peu d'argent. J'accepte. Moitié par paresse, moitié par narcissisme.

Je suis nue, allongée sur le côté, la tête reposant sur ma main. Mes cheveux déroulés sur l'estrade. En face de moi, les visages habituels. Je ne leur prête pas grande attention. Le professeur, avec qui je couche de façon régulière, se montre pourtant d'une jalousie maladive. Je le supporte avec d'autant plus de facilité que ce sentiment inconnu m'intrigue. Il arrive au professeur d'entrer dans des rages folles parce que j'ai adressé la parole à un de ses élèves. C'est pourtant lui qui m'offre en pâture aux regards. Une conduite si irrationnelle excite ma curiosité.

Cet après-midi-là, il y a un nouvel étudiant. Il est venu par hasard, pour accompagner un ami. Il fait preuve d'une concentration étonnante. Il m'observe en fronçant les sourcils, puis retourne à sa feuille. Quand il lâche son crayon, il se mord la lèvre inférieure. Contrairement aux autres, ses mains ne volent pas sur le papier. Elles se posent, attendent. Raturent. Reprennent. Il a de longs doigts aux ongles rongés.

Je me force à relever la tête car la vision de ses mains commence à occuper toute mon attention. Il semble toujours aussi concentré. Le professeur a senti mon intérêt. Il se tourne vers l'intrus. Alexandre a des cheveux noirs qui descendent dans son cou, de grands yeux marron, des traits bien dessinés. Le professeur s'avance vers lui :

— Je ne vous connais pas. Vous êtes inscrit ?

Alexandre rougit et ne trouve rien à répondre. L'un de ses amis vole à son secours :

— C'est moi qui l'ai amené. Je ne pensais pas que c'était interdit.

De mon estrade, je lance :

— Ce n'est pas interdit, rien n'est interdit.

Le professeur se tourne vers moi. Ma phrase l'a mis hors de lui. Il éructe :

— Si, il y a des choses interdites ! Les élèves sont sous ma responsabilité. S'il arrive quelque chose à ce garçon, je serai responsable.

Je me redresse. Le professeur couvre mon corps d'un drap comme on protège un canapé. Je l'arrache :

— Je refuse d'être dessinée par des cons ! Je fais ce que je veux !

Il crie plus fort que moi :

— Non, tu ne fais pas ce que tu veux ! Tu as signé un contrat. Sans parler de contrat moral.

J'éclate de rire. Je m'avance vers lui. Je sors un briquet et j'approche la flamme de son chevalet. Le papier prend feu. Il hurle :

— Tu es cinglée !

Pendant qu'il essaie d'éteindre le feu, je prends Alexandre par le bras. Comme il ne fait pas mine de me suivre, je fronce les sourcils :

— On pourrait peut-être aller baiser.

Nous partons en courant dans les couloirs, poursuivis par les insultes du professeur.

— Arrête tes caprices ! Reviens tout de suite !

Puis, quand je suis hors de sa portée, il continue à gueuler :

— Espèce de tarée !

Lorsque nous cessons de courir, Alexandre reprend son souffle. Il me fixe avec attention. Je lui fais face, toujours nue. Autour de nous, les passants tournent la tête. Des étudiants rient. L'un d'eux nous lance :

— Retournez vite dans les années soixante, les gars. Aujourd'hui, les flics repeignent les gens à poil au flash-ball.

À ce moment, Alexandre a ce regard. Ce regard qu'il jette à Nessim pendant la partie de poker.

Pendant qu'il fume en face de moi, quatorze ans plus tard, je peux à nouveau déchiffrer le sens de son expression. La même que celle de ce jour-là, quand il contemple ma nudité, sur un trottoir de Paris. Du désir.

*

Il attend avant de me répondre. Il porte le verre à ses lèvres, avale une gorgée. Il allume une cigarette.

— Tu as repris ?

Il acquiesce.

— Ça faisait combien de temps que tu n'y avais pas touché ? j'insiste.

— Sept ans.

— Tu l'aimais tant que ça, Nessim ?

— Je l'aimais bien. Mais ce n'est pas ça. Pas vraiment.

— Quoi alors ?

— Dur à expliquer. Je me suis dit que, moi aussi, je pourrais mourir.

— Dans le cas de Nessim, on dirait qu'il cherchait les ennuis. Tu m'as l'air plus prudent.

— Tu crois que je te dis tout ? Qu'est-ce qui te fait penser que je ne te mens pas ?

Il a eu une intonation amusée, presque joueuse. Il tire sur sa cigarette. Je retrouve ce geste qu'il avait, il y a dix ans.

— Pourquoi tu lui as prêté cet argent ?

— Il me l'a demandé. Il m'a dit qu'il aurait de gros ennuis si je ne le lui prêtais pas. Le poker. Il avait joué avec des types. Des Chinois. Il leur devait vingt-cinq mille. Les types menaçaient de lui faire la peau. Il disait qu'avec son salaire de docker il ne pourrait jamais les rembourser avant vingt ans.

— Il mentait ?

Alexandre hausse les épaules. J'allume à mon tour une cigarette. Il semble ne pas le remarquer.

Fely revient. Elle s'avance vers Alexandre :

— Bonsoir, sir. Excusez-moi, j'ai dû aller voir ma tante. Elle ne va pas bien.

Alexandre ne l'entend pas. J'écrase mon mégot dans mon verre vide.

— Tu savais que Nessim est mort le dernier jour du septième mois lunaire, le mois des *hungry ghosts* ?

— Et alors ? Tu ne vas pas recommencer avec tes histoires de fantômes !

— Tu crois qu'il va nous hanter ?

DEUXIÈME PARTIE

HUNGRY GHOST

Je ne suis rien
Jamais je ne serai rien.
Je ne puis vouloir être rien.
Cela dit, je porte en moi tous les rêves du monde.

FERNANDO PESSOA, *Bureau de tabac*

1
Les escarpins

— Dès la fin du mois de septembre, quand ils ont appris qu'Alexandre lui avait prêté du fric, les flics ont commencé à nous suivre partout.

Salma hoche la tête. Son mouvement, à cause de l'heure, de la fatigue, est à peine perceptible. Je reprends :

— Tu n'imagines pas la force de caractère qu'il fallait pour conserver son sang-froid. Alexandre rentrait en me disant qu'il avait cru voir les deux inspecteurs du côté de son université. Moi, j'ai croisé Keshav Ramsey au *food court* de l'Empress Market où j'étais allée manger.

— Pourquoi ils ne vous arrêtaient pas, au lieu de vous tourner autour ?

— Je ne sais pas. Je crois qu'ils attendaient un signe, un faux pas. Ils voulaient nous épuiser. Ou peut-être pas. Impossible de savoir s'ils ne suivaient pas toutes leurs pistes avec autant de constance.

L'inspecteur Lim restait poli, souriant, impénétrable. Il était également ardu de dire s'ils soupçonnaient Alexandre ou moi. S'ils pressentaient que j'avais été la maîtresse de Nessim. Je m'étais peut-être trahie. Une question superflue, une indifférence trop soutenue. Alexandre avait encore plus de mobiles possibles : la jalousie ou bien les dettes que Nessim avait contractées auprès de lui et n'avait jamais remboursées.

Alexandre et moi nous retrouvions donc à la fois proches, presque complices, et complètement étrangers. Car je ne pouvais rien lui dire. Surtout pas ce qui faisait désormais ma vie : le chantage de Fely.

*

Ce matin-là, je fume sur la terrasse quand un bruit de pas me fait sursauter. Des talons résonnent dans l'escalier de notre duplex. Leur bruit est d'autant plus incongru qu'en Asie tout le monde ôte ses chaussures au seuil de la porte. Je tourne la tête. Fely descend avec lenteur. Elle accentue légèrement le mouvement de ses hanches. Elle porte des escarpins aux talons de douze centimètres. Le dernier produit lancé par l'agence de Salma.

Je les découvre aux pieds de Fely. Ils sont deux pointures trop grands — elle chausse du trente-cinq. Et ridiculement hauts. D'un rouge tirant sur le rose, en cuir mat, aux semelles souples et talons transparents, fins comme des baguettes.

J'aperçois d'abord les chaussures, puis ses chevilles. De larges mollets de campagnarde. Un bout de cuisse. Elle a enfilé une de mes tenues. Elle a choisi la plus voyante. Une minirobe moulante, couleur corail. Ouvrant sur un large décolleté, elle se termine par une bande élastique d'une vingtaine de centimètres. Fely a détaché ses cheveux et peint sa bouche avec mon rouge à lèvres.

Elle me toise froidement, juchée sur la troisième marche de l'escalier. Machinalement, j'écrase ma cigarette. J'attends de voir ce qui va se passer. Elle hésite un instant. Puis elle me lance :

— Tu n'oublieras pas de passer l'aspirateur, tu seras gentille.

Son regard me fuit. Un sourire bienveillant flotte sur ses lèvres. Je sais combien ce regard et ce sourire sont une provocation. Ce sont les miens quand je m'adresse à elle.

Elle poursuit sa descente. Elle vacille sur ses talons hauts. En apercevant la terrasse, elle perd son assurance. Elle ne peut aller nulle part dans le salon sans risquer d'être vue par une des vingt fenêtres qui donnent chez nous. Elle hésite un moment. Finalement, elle reste dans l'escalier. Je n'ai pas bougé. Elle conserve une attitude aimable et distante, celle qu'elle m'a empruntée.

— Votre mari n'aimera pas savoir que vous aviez un amant. La police non plus. Je leur raconterai votre dispute avec le sir Nessim.

— Qu'est-ce que tu diras ? Tu ne comprends pas un mot de français !

— Je ne comprends pas le français, mais je sais reconnaître un cri.

— Et alors ?

— Alors, on dira que vous l'avez tué. Personne ne sera étonné. Toutes les autres filles m'ont prévenue : « Ton employeuse est cinglée. Elle écrit des livres pornographiques. » Vous n'avez jamais remarqué qu'elles rigolent sur votre passage ? Vous savez ce qu'elles disent ? « Pourquoi vous croyez qu'elle n'a pas d'amis ? Qu'elle se lève à dix heures du matin ? Qu'elle porte des vêtements de pute et qu'elle parle aux hommes ? Elle est complètement dingue ! »

Elle prononce sa tirade à voix basse, pour ne pas être entendue de dehors. Même les murs sont fins comme des feuilles de bananier. Je me lève. J'ignore encore quelle contenance adopter. Mon seul désir est de la faire taire. Je marche comme un robot vers la cuisine, cherche des yeux où elle peut bien ranger l'aspirateur. Le découvre près de la machine à laver. Je le branche. Fely s'approche de la porte-fenêtre et tire le voilage afin de nous dissimuler aux regards. Je pense au drap dont le professeur avait couvert mon corps pour me soustraire à Alexandre. Je pense aux rideaux que, petite fille, j'ai tirés pour jouer à des jeux défendus.

Fely marche en balançant les hanches. Elle va s'installer sur le canapé. Je prends conscience qu'elle s'y assoit pour la première fois, du moins en ma présence. Au début, elle n'ose pas s'appuyer contre le dossier.

L'aspirateur a toujours fait un boucan d'enfer. Je remarque combien il est bas. Je suis obligée de me plier en deux pour aspirer. J'ai toujours considéré le sol comme une étendue impeccable, luisante comme un miroir. De près, le marbre m'apparaît non plus d'un blanc cassé uniforme mais doté de dessins complexes, erratiques, de veinures grises, de motifs presque verts, de tourbillons noirs. J'aperçois des araignées qui courent se réfugier dans les plinthes.

Des miettes écrasées, mastiquées et recrachées par Louise. Des cheveux courts, de longs cheveux noirs, des cheveux châtains et raides.

Quand je redresse la tête, Fely s'est installée confortablement. La jambe tendue, elle est perdue dans la contemplation de ses escarpins. Elle lorgne dans ma direction puis, comme prise en faute, reporte aussitôt son attention sur les talons aiguilles. Je continue à aspirer au milieu du vacarme, sans plus me préoccuper d'elle, ni elle de moi, du moins en apparence.

Lorsque j'ai aspiré le sol dans toute la pièce, je me retrouve désœuvrée. L'aspirateur s'est tu. Le silence qui suit son fracas nous met mal à l'aise. Je cherche une contenance. Elle ôte une poussière au bout de la chaussure. Ne sachant que faire, je débranche l'aspirateur et m'en vais le passer dans la cuisine. Sa voix me poursuit :

— Fely, tu pourrais nettoyer le four, ce serait vraiment adorable. Et n'oublie pas la plaque du bas, comme tu l'as fait la dernière fois.

*

— Elle t'a demandé quoi en échange de son silence ?

Salma reste immobile. On pourrait la croire perdue dans sa contemplation de la nuit, perdue dans ses pensées, loin de moi et de mon histoire, planant au-dessus de notre jardin céleste. Mais il n'en est rien.

Je poursuis, persuadée de sa parfaite attention :

— Vingt mille dollars. Mais pas seulement. Elle voulait aussi… comment t'expliquer ?

À une qualité particulière du silence, je sais que Salma attend la suite.

2

Les pieds nus

L'hiver qui a suivi la mort de l'Arabe, on aurait pu croire que tout rentrait dans l'ordre. Le corps de Nessim avait été rapatrié en France, dans la petite ville d'Alsace où il devait être enterré. Sur la pierre tombale, je sais maintenant qu'il était écrit : « Didier Launay — 1971-2012 ». Dans le cortège, il y aurait son père, un industriel qui avait fait fortune dans le chauffage et l'installation sanitaire. Sa mère était morte quand il avait six ans. Sa sœur suivrait également ; elle travaillait comme comptable dans l'entreprise paternelle. Cet hiver-là, il reposait donc avec ses secrets dans une tombe alsacienne. La terre se refermait, et nos blessures restaient apparentes.

À l'autre bout du monde, chez nous, on préparait Noël sous une chaleur de plomb. Orchard Road était illuminée de guirlandes insensées et de sapins géants en strass. Des écrans accrochés en haut des buildings passaient leurs spots publicitaires. Les centres commerciaux diffusaient en continu des chants de Noël à plein volume. Nous parcourions la ville, épuisés, en sueur. Seule Salma restait imperméable au tapage. J'allais la rejoindre chez elle ou bien elle venait me rendre visite au condo. Elle ne s'absentait en ville que pour sillonner les rues en quête d'inspiration, jamais pour acheter quoi que ce soit. Elle se disait vaccinée de la fièvre acheteuse à force de côtoyer la maladie.

Même dans le condo, nous ne parlions plus guère de l'Arabe blond. Tout le monde continuait évidemment à y penser mais nous avions épuisé les sujets de conversation. Les suspicions, qui avaient touché chacun d'entre nous tour à tour, sentaient le réchauffé. Seule la venue des flics, de temps à autre, permettait de raviver ponctuellement la flamme. Elle s'éteignait vite — tout avait déjà été dit, répété, ressassé jusqu'à l'écœurement. Alors nous remâchions nos troubles en silence, nous tâchions de vivre au diapason de la ville, dans la vitesse, la consommation et l'oubli.

Mais derrière mes rideaux, le monde s'était transformé.

*

Assise sur le canapé, Fely lit un roman d'amour. Elle le parcourt avec avidité. Parfois, je perçois le léger mouvement de ses lèvres. Louise endormie, l'appartement retombe dans le silence. Je réfléchis vaguement à mon livre, mais mon esprit s'échappe vers la fenêtre. Au-delà du voile blanc, j'imagine le vol des oiseaux jaunes, toujours par deux. Je me lève pour faire du thé. J'en propose à Fely, qui secoue la tête sans répondre. Je n'insiste pas. La porte du four micro-ondes est couverte de graisse dans laquelle la poussière est piégée. Je l'éponge avec un produit décapant. À mesure que la graisse s'en va, ma satisfaction augmente. Je retourne dans le salon boire mon thé. Fely dit :

— Tu rangeras mes chaussures — tu seras adorable.

Son intonation, qui feint d'interroger en ordonnant, me rappelle la façon dont je lui suggérais ses tâches. Je pensais démontrer par là mon souci de ménager sa susceptibilité.

Dans l'entrée, il y a un monceau de chaussures entassées. Les miennes sont des tongs Esprit, des escarpins à talons, des tennis de ville. Les siennes, des tongs sans marque, des chaussures brillantes à semelles compensées taille trente-cinq pour le dimanche. Je reste dans l'entrée, bras ballants. La voix de Fely m'éveille de ma torpeur :

— Tu rêves.

Je m'avance vers elle. Elle sursaute légèrement, comme si elle craignait que je ne porte la main sur elle, mais ne dit rien. Elle continue à s'absorber dans les pages de son roman d'amour. Mais, maintenant, elle fait semblant. Je sens la tension qui traverse son corps. Je me mets à genoux. Je ne regarde pas son visage, caché derrière la couverture colorée, représentant une jeune femme blonde dans les bras d'un homme à la peau blanche.

Ses pieds sont minuscules. En me courbant vers eux, j'aperçois des détails. Un cheveu, accroché au talon, des ongles propres mais trop longs, des ampoules, de légères blessures. Je me penche vers son orteil le plus long. Elle ne prononce pas un mot. Elle se dissimule derrière son livre. Le couple de

Blancs sur la couverture du livre m'offre le spectacle de son bonheur pastel.

Je pose mes lèvres sur son pied. Elle frémit au contact de ma langue. Sa peau est brûlante. J'en parcours l'épiderme. Je passe entre chaque orteil. Je lèche la surface calleuse. J'imagine la petite fille qu'elle a été, marchant sans chaussures dans les rizières de ses parents. Allant chercher de l'eau. Ses pieds minuscules qui, il n'y a pas deux mois, allaient et venaient, nus, toujours en mouvement. Le petit orteil est entièrement couvert de corne. Je le lèche pour le faire briller, comme si ma salive était de la cire et ma langue un chiffon.

Finalement, je le prends dans ma bouche. J'ai envie de mordre pour m'approcher encore. Elle a posé sa tête sur le dossier. Elle ferme les yeux. Son visage se crispe dans une expression voisine de l'extase et de l'effroi. Elle se met à gémir. Un miaulement comme celui d'un chaton perdu. Un instant, j'ai l'impression de faire corps avec ce pied. Avec ses callosités, ses ampoules, ses blessures. La frontière entre elle et moi paraît à cet instant si ténue…

Quand je détache ma bouche, il redevient un objet. Derrière l'épiderme, je dessine en esprit le réseau des nerfs. Puis je les dénoue pour ne peindre plus qu'une nature morte, un fantôme, une vanité : quelques os, posés sur la surface de marbre.

3

La visite

J'aperçois d'abord ses pieds.

La malade est écrasée sur son lit. Elle pousse de légers gémissements dans son sommeil. Ludivine évite mon regard. Elle est gênée car les plaintes de la femme ressemblent à des soupirs de jouissance. Son corps, gisant sur le dos, prend tout l'espace de la chambre. Malgré sa maigreur, on ne voit que lui, masse informe, obsédante, inutile et souffrante. Nous restons un moment debout, incapables de savoir quoi faire. Nous cherchons une contenance. Ou, au moins, une posture. Une maid se matérialise dans l'encadrement de la porte. Son salut s'accompagne d'un sourire excessif. Devançant nos désirs, elle disparaît et réapparaît avec deux chaises. Nous nous asseyons. La gisante n'a pas bougé. Sa peau a la finesse du papier. Un voile de sueur couvre son front. Ses cheveux blonds forment un rideau sale sur l'oreiller. Elle se tourne. Les plaintes deviennent des gémissements. Ludivine cherche des mots pour dissimuler son malaise.

— Elle a quand même une belle maison.

La *black and white* est décorée comme les rares

autres habitations que j'ai pu visiter. Mobilier en bois, souvent sombre, branches de bambou dans des vases en verre transparent, tables basses balinaises. Je hoche la tête. Une belle maison. La maid nous offre du chocolat et des gâteaux secs. Je déteste le chocolat et les gâteaux secs. Je bois une tasse, puis une autre, je grignote les sablés un peu mous jusqu'au dernier. Ludivine dit :

— On pourrait peut-être l'aider à faire quelque chose. Son ménage ?

— Elle a déjà une maid.

— Et si on lui faisait un gâteau ?

J'observe Ludivine sans répondre. J'ai d'abord l'impulsion de la gifler. Je me contiens. Après tout, sa proposition n'est peut-être pas si mauvaise. Tout, plutôt que de rester près de ce corps inerte et gémissant. Ludivine elle-même renonce à son idée.

— Tu crois qu'elle va… hasarde Ludivine.

— Se réveiller ? je demande.

— Non.

Elle rougit violemment. Je finis par comprendre où elle veut en venir :

— Mourir bientôt ? Oui, je crois qu'elle va mourir bientôt. Ton amie Chantal Lauris nous avait prévenues : son cancer du cerveau est bien avancé.

— On n'aurait peut-être pas dû venir.

Un bruit incongru émane du lit. Ludivine sursaute violemment :

— Qu'est-ce que c'était ?

Je ne réponds rien. Ludivine semble au bord de la dépression. Elle souffle :

— Oh mon dieu…

Soudain, une voix d'enfant retentit dans la pièce voisine. Le visage de Ludivine s'illumine. Elle sort précipitamment de la chambre. Je l'entends gazouiller à quelques mètres de moi.

*

Après m'être assurée que personne ne me voit, je baisse un peu le drap. L'épiderme est devenu si ténu qu'il laisse deviner le réseau sanguin, les ramifications nerveuses, les os. Ses seins petits et flasques tombent de chaque côté de son buste. Dessous, les côtes saillent. Je baisse le drap davantage. La pâleur de son ventre le rend lumineux. La peau est chiffonnée comme du papier journal. On distingue des masses sombres sous la fine pellicule. Ses organes, toujours irrigués, toujours en vie.

Ludivine, à côté, joue avec un petit garçon. Elle essaie, du moins. Elle tourne ses mains pour chanter « les petites marionnettes », mais l'enfant doit avoir au moins quatre ans. Il examine l'inconnue avec un intérêt mêlé de stupéfaction. Ludivine ne se laisse pas impressionner. Elle propose un nouveau jeu à l'enfant. Tout, plutôt que franchir à nouveau la porte et retourner au chevet de la malade.

Je profite de son absence pour ôter le drap complètement. Elle est étendue dans une position obscène. On dirait que quelqu'un l'a jetée là après l'avoir violée. Les os des hanches pointent. Ses jambes maigres, écartées, dévoilent son sexe dans toute sa crudité. Les poils rares cachent imparfaitement une peau rose vif, irritée, ouverte comme une plaie.

*

— M’ame veut encore du thé ?

La maid est apparue derrière moi sans que je l’entende entrer. Je me tourne vers elle. Son visage exprime une servilité ordinaire. L’indécence du corps grotesque a beau s’interposer entre nous, la maid feint de ne pas s’en apercevoir. À moins qu’il ne s’agisse justement d’un moyen de m’humilier. Mais désormais il m’en faut bien davantage. Ma soif de savoir surpasse de loin la gêne qu’il m’arrive d’éprouver.

Dès qu’elle est repartie, je poursuis ma contemplation. L’aine forme des plis qui invitent à méditer. Des recoins d’ombre. Lorsque je me risque à pincer sa chair, elle reste blême pendant de longues minutes. Puis elle rougit brutalement avant de prendre une teinte violacée, puis verte bordée de jaune. Je suis avec fascination la palette des couleurs dont la maladie la recouvre.

— Le drap ! Remets son drap, bon sang ! Tu es folle.

Ludivine est debout derrière moi, livide, le petit garçon sur les talons. Elle scrute le pantin qui repose sur le lit avec horreur et avidité. Elle est attirée malgré elle par la tranche de viande entre ses jambes.

— C’est affreux, chuchote Ludivine fascinée. Abominable.

On dirait qu’elle va pleurer. Elle se contient. Le petit garçon s’approche du lit et remonte le drap sur sa mère. Il ressort de la chambre. De la pièce voisine, on l’entend jouer avec un train et des guerriers en plastique.

— Fiche le camp, je vais te crever, dit un de ses soldats à un autre.

Il mime un bruit de déflagration, suivi d'un râle d'agonie. Le silence retombe.

Ludivine murmure :

— Je ne pensais pas que ce serait si éprouvant.

*

Le récit de ma visite laisse Salma songeuse. Peut-être pense-t-elle à la mort, à la pourriture en marche. Ou peut-être pense-t-elle à tout autre chose. Au slogan pour sa prochaine campagne, au dégradé de bleus étalés devant nous. Elle remet en place une mèche de cheveux. Pour la première fois, je la trouve légèrement nerveuse.

4

Viande

Le cadavre saigne encore. Il gît sur la route. Il a perdu sa forme. Il faut le secours de la connaissance et de l'imagination pour réaliser ce qu'a été cette créature jadis. Un vertébré à quatre pattes. « Une charogne » de Baudelaire revient à ma mémoire :

Rappelez-vous l'objet que nous vîmes, mon âme,
Ce beau matin d'été si doux :
Au détour d'un sentier une charogne infâme
Sur un lit semé de cailloux,

Les jambes en l'air, comme une femme lubrique,
Brûlante et suant les poisons,
Ouvrait d'une façon nonchalante et cynique
Son ventre plein d'exhalaisons.

Le soleil rayonnait sur cette pourriture…

Nulle douceur de l'air, ici, mais trente degrés plaqués sur la chaussée, hâtant la décomposition.

Dans l'assemblage aléatoire de chair, de poils et d'os, je finis par reconnaître un chat. Je cherche un bâton des yeux. J'avise une branche fine, que j'arrache d'un arbre. Du bout de mon harpon de fortune, je tente de dénouer la pâte mêlée au bitume. La puanteur redouble.

*

Alors que les vers du poème me reviennent, l'apparence du chat se superpose à celle de la malade, que Ludivine et moi allons visiter, et dont j'ai soulevé le drap un jour pour traquer ses secrets. Tous les stades, tous les états — les cadavres découpés par Léonard de Vinci, l'Arabe blond sautant dans la piscine et marchant vers moi, sa perfection de statue.

Le buste de femme, aux organes rongés par la maladie.

Les membres désunis du jeune Chinois.

Le dos de Nessim. Son tatouage en forme de croix, son tatouage annulé par les coups de couteau.

La pourriture accélérée qui, sous l'effet de la chaleur et de l'humidité, dévore à Singapour les objets et les âmes.

Tous ne cessent de dénoncer le même mensonge.

Et le ciel regardait la carcasse superbe
Comme une fleur s'épanouir.

En voulant décoller la pâte, je ne fais qu'aggraver les choses. La branche racle par terre. Des morceaux de bouillie sanglante sont projetés un peu plus loin. Je jette le bâton sur le bas-côté. J'attaque le cadavre avec mes mains.

Les formes s'effaçaient et n'étaient plus qu'un rêve,
Une ébauche lente à venir,
Sur la toile oubliée, et que l'artiste achève
Seulement par le souvenir.

J'ignore pourquoi cette minuscule dépouille livrée aux mouches, aux vers, m'est si chère. Elle exhibe la fragilité des corps. Leur transformation perpétuelle. L'illusion de fermeté. Et cette pensée m'est devenue insupportable. Je voudrais à tout prix offrir une sépulture au petit chat. Ou, tout au moins, le cacher. Pour ne plus me salir les mains, je le repousse du bout de ma chaussure. Il colle à ma semelle. J'essaie de le retirer en frottant mes tennis de ville contre le trottoir. Je pense aux mains de Lady Macbeth. Devrai-je aussi me laver les pieds sans cesse pour effacer des taches de sang invisibles aux autres ? L'idée me fait rire.

Oui ! telle vous serez, ô la reine des grâces,
Après les derniers sacrements,
Quand vous irez, sous l'herbe et les floraisons grasses,
Moisir parmi les ossements.

Alors, ô ma beauté ! dites à la vermine
Qui vous mangera de baisers,
Que j'ai gardé la forme et l'essence divine
De mes amours décomposés !

Le souvenir du dos de Nessim occulte un instant le cadavre du chat, puis s'efface. J'entends au loin la voix d'Alexandre. D'un côté, il y a l'appel irrésistible de la désagrégation ; de l'autre, celui de mon mari, qui m'incite à retourner m'asseoir près de lui dans la voiture.

5

Kampong

Novembre. J'essaie de me souvenir des couleurs de l'automne en France. Les jours ici se renouvellent sans cesse. Même lumière crue, même brusque obscurcissement du ciel, mêmes orages. Les teintes brunes et rouges de mon enfance me paraissent aussi irréelles que le paysage derrière ma vitre. Aussi irréelles que le visage du manager, qui vient me rendre visite.

— Il y a un problème avec votre nouvelle maid, dit-il d'un ton soucieux.

Je secoue la tête.

— Je n'ai pas de nouvelle maid.

— Mais si. La petite grosse.

— C'est la même.

Il la toise d'un air incrédule. Depuis la mort de Nessim, Fely a beaucoup changé. Elle travaille moins. Juste en présence de témoins, ou quand il faut s'occuper de Louise. L'inaction n'a pas tardé à la faire grossir. Ses mollets, ses cuisses, ses hanches, ses joues ont commencé à se boursoufler. Elle engloutit les plaquettes de chocolat, dévore des boîtes de macarons. Je l'ai même surprise en train de terminer les restes de mon assiette.

Le manager finit par hausser les épaules :

— Eh bien, elle prend de mauvaises habitudes. Je croyais qu'elle était nouvelle. Que c'était pour ça.

— Pour ça que quoi ?

— Les plaintes. Regardez.

Il me tend une série de clichés. Je passe en revue les photos, obscures et floues. Le visage de Fely y est systématiquement encerclé au stylo rouge. Je les lui rends :

— Et alors ?

— Et alors, elle est assise dehors sur une chaise avec d'autres femmes. Elles sont *installées*.

Il prononce l'adjectif comme s'il énonçait un chef d'accusation bien établi dans la législation régissant le condo.

— Et ?

— Et les propriétaires n'aiment pas ça. Ça dévalue les biens, ça fait kampong.

En Malaisie, le kampong désigne une zone rurale, ce qui, dans la bouche du manager, ne ressemble pas à un compliment. Je prends sur moi pour ne pas m'énerver.

— Où est-ce qu'elles peuvent manger alors, si on ne les accepte même pas sur une place de parking ?

— Chacune chez son employeur. Dans la cuisine.

— Ça vous dérange tant que ça qu'elles vivent ?

— Elles font du bruit. Et ça fait mauvais genre. Vous, les Blancs, c'est différent : vous les considérez comme des êtres humains.

*

Pendant toute la discussion, Fely est restée dans la cuisine. Elle ne ressort que lorsque le manager est parti. Elle a remis son visage de maid. Elle me regarde en coin. Elle paraît mal à l'aise. Elle chuchote :

— Désolée, m'ame.

Son air de victime m'exaspère. J'entends, impuissante, ma propre voix devenir un hurlement :

— Tais-toi ! Tu ne peux pas à la fois me pourrir la vie et t'excuser de me pourrir la vie.

Elle m'observe sans répondre. J'aimerais me taire mais les mots sortent malgré moi.

— Pas étonnant que vous soyez quatre-vingts pour cent de domestiques, dans ton pays. Quatre-vingts pour cent de larbins et de bonniches, aux quatre coins du monde ! Aujourd'hui que tu as tout entre tes mains, mon avenir et mon fric, tu fais quoi ? Tu t'excuses. Et tu rêves de quoi ? De chaussures à talons de douze centimètres et de Ferrari rouge ! C'est ça que tu fais de ta liberté ? C'est comme ça que tu gaspilles ton indépendance ? Pauvre conne.

Pendant que je parle, Fely tourne tranquillement les talons. Elle s'éloigne, me laissant avec mes phrases dans la gorge. Bientôt, elle n'offre plus à ma colère que le spectacle de son cul.

*

Au bout de quelques minutes, elle revient sur le seuil, entre la cuisine et le salon. Elle hésite.

— Merci de nous avoir défendues.

Je hausse les épaules :

— Heureusement. Quel con.

Un éclat de rire — une trêve.

— En tout cas, il va falloir que ça cesse : les flics nous tiennent à l'œil, et toi, tu attires leur attention. S'il arrive quelque chose, on sera perdantes toutes les deux.

Fely va chercher Louise dans sa chambre. Je m'assois sur la moquette pour jouer avec elle. Je suis fatiguée. Je tire machinalement sur le fil d'une boîte à musique. Une pomme en plastique jaune. À côté de moi résonne le son caverneux dont je sais maintenant qu'il s'agit d'un rire. Amusée, je tire à nouveau sur le fil. Cette fois, j'observe attentivement l'enfant. Je remarque que ses cheveux ont poussé. Des boucles châtaines se dessinent au ras de son cou. Elle éclate de rire. La ritournelle qui se déroule sans fin l'amuse. À moins que ce ne soit juste le fil qui rentre progressivement dans la pomme à mesure que retentit l'air. Elle essaie de tendre le bras pour l'attraper. Elle le rate. Elle glousse encore. Ce rire a quelque chose d'enivrant. Je cherche à reproduire la note.

Fely s'approche pour lui tendre un morceau de pain de mie. Louise le malaxe entre ses doigts. Elle en écrase un peu sur la moquette. Elle le ramasse et le remet dans sa bouche. Je m'écarte légèrement pour qu'elle ne salisse pas mes vêtements. Un portable sonne dans la cuisine. Quand Fely disparaît pour décrocher, l'enfant relève la tête et éclate en sanglots.

*

— C'était avant qu'elle tombe malade. Avant que germe en moi l'ébauche d'une solution. Le moyen d'en finir avec cette situation.

Salma hoche la tête sans m'interrompre.

6

Salope

L'idée s'est formée courant décembre, quand Fely est tombée malade.

D'abord, elle n'a rien dit. Elle a continué à s'occuper des tâches ménagères. Les voilages étaient tirés. Elle suspendait le linge sur la terrasse pendant que nous dînions. Quand Alexandre était là, elle nous servait à table. Les habitudes reprenaient leurs droits. Je ne sentais même pas la colère qui devait bouillir au fond d'elle. Hormis des détails, Alexandre ne s'apercevait de rien. Il hasardait juste une ou deux plaisanteries :

— Quand elle est arrivée, on aurait dit un chat de gouttière. Maintenant, elle tient plutôt du gros matou d'appartement.

Ou encore :

— Bientôt, elle nous coûtera deux fois plus cher en bouffe qu'en salaire.

Elle suspendait une de mes robes lorsqu'elle s'est mise à vomir. Comme je la perdais rarement des yeux, j'ai vu le jet s'échapper de sa bouche, presque à l'horizontale. Il a éclaboussé tous nos vêtements. Les taches étaient d'autant plus visibles qu'elle venait de faire une lessive de blanc. Alexandre a suivi la direction de mon regard. Il a réprimé un haut-le-cœur.

— Bon appétit.

Puis il s'est repris :

— Tu devrais aller voir ce qu'elle a.

J'ai rejoint Fely sur la terrasse. Les éclaboussures sur nos habits. La peau de Fely avait une teinte verte, accentuée par les produits blanchissants dont elle se badigeonnait. Elle se tenait contre le mur, comme si le sol se dérobait sous ses pieds. Sur la terrasse d'en face, une maid l'a interpellée en tagalog. Fely a relevé la tête. Chaque mouvement semblait douloureux. Elle a répondu quelques mots dans sa langue, puis elle s'est tue.

— Qu'est-ce que tu as ? ai-je demandé.

— Rien, rien. Ça va passer.

Au bout de quelques secondes, elle a ajouté « m'ame ». Et elle est tombée par terre. Sans connaissance.

*

Alexandre l'a portée jusqu'à son lit. Nous sommes restés près d'elle. Sa chambre était si petite que nous avions de la peine à y tenir à deux. Alexandre s'est tourné vers moi :

— Tu crois qu'elle est enceinte ?

J'ai fait défiler des pères possibles dans mon cerveau. J'ai haussé les épaules :

— On verra.

Rapidement, elle est devenue brûlante. On aurait dit que son visage fondait. Le drap était humide de sueur. Elle poussait des gémissements par intermittence. Elle a ouvert les yeux. Elle a mis quelque temps à me reconnaître. Sa pupille s'est dilatée. Elle a aperçu Alexandre, derrière moi. Sa présence a semblé la rassurer. Elle avait cru que j'allais la tuer. Cet air de bête effarouchée m'a rendue perplexe. J'ai pris conscience de la possibilité d'en finir avec son chantage.

Dans le lit à une place, elle paraissait minuscule. Quand Alexandre retournerait travailler, le lundi, je pourrais m'introduire dans sa chambre et l'étouffer sous son oreiller. Combien de temps faudrait-il maintenir la pression ?

Le samedi a passé, puis le dimanche, sans aucune amélioration notable. Elle continuait à gémir et à suer. Le lundi, je suis entrée dans sa chambre. Alexandre venait de partir à son bureau. Fely dormait. Je me suis assise près d'elle. Je l'ai étudiée. Sa chambre n'avait pas la clim. Il y faisait une chaleur suffocante. Une odeur âcre flottait dans l'air. J'ai ouvert la fenêtre. Pour cela, je devais monter sur son lit, en raison du confinement. Elle a murmuré quelque chose que je n'ai pas entendu.

*

Sa mort stopperait l'engrenage. Je ne craindrais plus qu'elle ne parle. Qu'elle ne nous trahisse. En même temps, vu l'attention que nous portaient les deux inspecteurs, ce geste signerait sans doute ma perte. Pour échapper au piège, il aurait fallu que je puisse leur désigner un coupable. Alors, j'ai continué à la regarder dormir. J'ai fini par remettre en place une mèche de ses cheveux, collée à son front. Elle a ouvert les yeux. Elle a eu l'air surpris :

— Qu'est-ce qui se passe ?

Elle m'a regardée, puis son drap. Elle a pris un air dur :

— Vous avez essayé de m'empoisonner.

— Mais non, c'est toi. Tu as vomi sur les vêtements.

— Vous avez mis du poison dans ma nourriture.

Elle semblait aller beaucoup mieux. Elle s'est levée, s'est étirée. Elle a tâté ses bras, ses joues. Elle m'a lancé :

— Mais je suis solide. On ne m'a pas comme ça.

Elle est restée silencieuse quelque temps, puis elle a poursuivi :

— C'est inutile de vouloir me tuer. J'ai tout prévu. Je ne suis pas si sotte. Si je disparaissais, le couteau et une lettre seraient envoyés directement à la police.

Elle a fermé les voilages, s'est installée sur le canapé et a repris la lecture de son livre.

*

Je suis montée dans ma chambre. Je me suis assise devant mon ordinateur. J'ai jeté un nouveau coup d'œil aux photos du jeune Chinois. Je superposais désormais à sa chair martyrisée toutes sortes de visions : le dos de Nessim, le corps de Pontianak sur les dalles de son condo. J'avais l'intuition que ce serait la matière du livre. Mais rien ne voulait s'organiser. Quand je suis redescendue, Fely était toujours assise sur le canapé. Elle a articulé :

— Vous avez recommencé ?

Je me suis aperçue qu'elle ruisselait. Deux filets rouges se sont mis à couler de son nez. Elle a porté un doigt à sa narine, elle a poussé un léger cri à la vue du sang. Elle m'a regardée d'un air perdu.

La fièvre a grimpé en flèche. Elle a commencé à trembler. J'ai voulu la soutenir jusqu'à sa chambre, mais l'odeur fétide et la chaleur m'ont rebutée. Je l'ai prise dans mes bras comme on porte la mariée la nuit de ses noces, dans les romans sentimentaux. Son corps inerte était affreusement lourd. J'ai grimpé l'escalier, une marche après l'autre, en soufflant. Je l'ai installée dans la chambre d'amis, au fond du couloir. J'ai mis la clim à vingt-trois degrés. J'ai épongé son front avec un gant de toilette rempli de glaçons.

Alexandre nous a retrouvées à l'étage. Il a paru stupéfait :

— Comment tu as réussi à la monter ? Elle pèse le double de ton poids.

Il a eu un petit geste de la main, l'esquisse d'une caresse. Je lui ai souri. C'était notre premier sourire depuis longtemps. La voix de Fely nous a interrompus.

— Salope.

Au début, nous n'avons pas compris.

— Espèce de salope. Je vais m'accrocher, tu verras. Je ne vais pas mourir.

Fely délirait.

Alexandre a tourné vers moi un visage blême :

— On dirait qu'elle te parle.

J'ai haussé les épaules :

— C'est la fièvre.

Fely a poursuivi :

— Si je crève, tu seras pendue. T'entends ? Pendue !

Alexandre a poussé un soupir exaspéré :

— On dirait vraiment qu'elle te parle. C'est perturbant.

J'ai essayé de parler à mon tour pour couvrir la voix de Fely, mais elle a continué à vociférer :

— Tu l'as tué. Et maintenant, tu m'empoisonnes. Ils auront le couteau…

Elle est retombée sur l'oreiller, inconsciente. Alexandre paraissait mal à l'aise. J'ai passé le gant rempli de glaçons sur le front de Fely. Il a eu un mouvement d'agacement :

— Le lit des invités, je veux bien. Mais tu ne vas pas jouer les gardes-malades toute la nuit. Il ne faut pas exagérer !

Je savais que son exaspération était le contrecoup des insultes de Fely.

Il a appelé lui-même un médecin. Nous sommes restés tous les deux sur le seuil. Le médecin a rangé son matériel, il s'est tourné vers nous. Il a dit :

— Elle a attrapé la dengue.

Derrière lui, elle a gémi faiblement :

— Salope.

7

La dette

— Quelle solution ?

La voix profonde et cassée de Salma me fait sursauter. Pourtant, je la connais par cœur. Elle m'évoque la tumeur de la gorge, sur son paquet de cigarettes. Une note maintenue sur le fil entre beauté et pourriture.

— La tuer ?

Salma s'est tournée vers moi. Elle sourit pour me mettre en confiance.

*

Alors que janvier a couvert la France de givre, Singapour brûle sous trente-cinq degrés. J'ouvre un parapluie pour me protéger du soleil. Je descends vers Farrer Road à pied. Je m'assois sous un arrêt de bus. Je regarde la circulation dense, qui va du nord au sud de la « ville jardin ». Au moins quatre Ferrari passent devant moi en faisant rugir leur moteur. Les voitures ici ne font pas profil bas. La plupart sont rouges, jaunes ou même orange. La richesse s'expose avec ostentation.

Je traverse la route sur un pont suspendu au-dessus des voitures, pour rejoindre l'autre côté, celui qui va vers le nord-ouest. Un marché couvert, l'Empress Market, abrite un *food court*, des étalages de nourriture, poissons et fruits exotiques. Des ramboutans, dont la chair sucrée est protégée par une écorce de cheveux rouges, sont suspendus en bouquets. Plusieurs vieux Singapouriens d'origine chinoise jouent au go. Il y a aussi une minuscule boutique de fleurs, au fond du marché. Le marchand, plutôt désagréable, esquisse un sourire. Il me dit en français « Bonjour, madame », avec un accent à couper au couteau. Il choisit quelques orchidées, qu'il enveloppe dans un papier de soie vert. Il met un temps infini à assembler quatre ou cinq branches. Je lui en sais gré. La fraîcheur de sa boutique me permet de recouvrer mes esprits. Il me tend la composition. Je paie soixante dollars. Je reste un moment les bras ballants, puis je dois m'en aller. Franchir le seuil du magasin pour retrouver la chaleur suffocante. Remonter les marches jusqu'à la route. J'ai mal au cœur.

J'aperçois un taxi. Je le laisse passer. Je tends un bras incertain vers un autre taxi. Il s'arrête. J'indique une adresse à Jurong, dans l'ouest de l'île. Vu la couleur de ma peau, le conducteur pense que je veux aller au Parc aux oiseaux, un des seuls lieux touristiques du coin. Je répète l'adresse. Le chauffeur ne comprend pas mon accent. Je finis par déplier la carte de Singapour que j'emporte toujours dans mon sac. Son visage s'éclaire, il répond « *can can* », « oui, oui », et nous partons.

En regardant défiler le paysage, j'aperçois un arbre aux longues branches brunes.

*

La chevelure de Salma se noie dans l'obscurité. Seul luit le bout de sa cigarette par intermittence. Elle fume, attentive et posée. Tournée vers le ciel.

Et c'est alors que, pour la première fois, me traverse un soupçon, un très léger soupçon, l'ombre d'un doute. En lui racontant ce que je crois être *mon* histoire, je me demande si je ne lui décris pas en partie la sienne.

Salma a rencontré Nessim le même jour que moi. Elle a à peine levé les yeux. Indifférente à sa beauté, au parfum d'exotisme qui l'enveloppait. Son intérêt s'est accru à cause de moi. Elle s'est progressivement passionnée pour mes confidences sur l'Arabe blond. Son prénom a fini par provoquer une rêverie similaire à celle qu'il avait fait naître chez moi. Je lui parlais de Nessim sans arrêt. J'avais besoin de confier à quelqu'un l'incroyable tempête qui secouait ma vie ; de raconter mes voyages immobiles, mes projets de départ. Je n'avais personne d'autre avec qui partager mes joies secrètes, mes terreurs. Évidemment, je cherchais aussi une forme d'absolution. Je voulais qu'elle sache tout sur Alexandre, Louise, Nessim. Et me donne raison de vouloir, au lieu de rester sur place, gagner le désert.

8

Les artistes

Le taxi s'arrête devant une maison de trois étages. Je paie la course. Le nom de mes hôtes est écrit sur une plaque en bois : *Ng*. Il paraît qu'il faut le prononcer « Ing ».

Au bout de quelques secondes, une maid vient m'ouvrir. Elle m'invite à entrer. Je la salue en n'oubliant pas de la regarder dans les yeux. Plus rien ne m'échappe — ses joues creusées, la duplicité de son sourire. Je sais désormais que les taches sur sa peau ainsi que son anormale pilosité sont dues à la cortisone, contenue dans les crèmes éclaircissantes qu'achètent les Philippines. Je sais que ces crèmes comportent de l'hydroquinone qui, utilisée régulièrement à trop forte concentration, provoque le cancer. Je sais que, derrière ses manières serviles, elle voudrait crier que je suis une salope.

Je me déchausse. Je lui rends son sourire et pénètre dans la pièce. Elle me débarrasse du bouquet d'orchidées rose pâle que j'apporte à la maîtresse de maison. Li Kheng Ng ne tarde pas à descendre. Sa beauté m'impressionne. Elle a relevé ses cheveux en chignon. Sa robe courte épouse les formes de son corps gracile. Li Kheng porte un collier en or autour du cou et deux pendants assortis aux oreilles. Ses lèvres sont du même rouge vif que sa robe. Elle doit avoir une cinquantaine d'années, on lui en donnerait trente-cinq. Il me semble même que je parais plus âgée qu'elle. La maid attire son attention sur les orchidées. Li Kheng admire les fleurs sans voir sa domestique, derrière ; elle se tourne vers moi et me remercie avec chaleur. Sa bouche est une chose ravissante.

Maison style art déco. Nous nous installons pour dîner dans un patio ouvert, bordant une piscine. La maid nous sert un Singapore Sling, un cocktail rose à base de gin, cherry, cointreau et sirop de grenadine.

Son mari descend à son tour. Tiong Beng est un peintre célèbre. Leur intérieur est tapissé de ses toiles. Constituées de pigments et de vernis, elles forment des surfaces lisses, brillantes, recouvertes de laque. Sur un ensemble uniforme, le plus souvent rouge ou ocre, Tiong Beng trace parfois quelques mots — « guerre des mondes », « évolution(s) », « vitesses ». Ou des croquis, griffonnés dans un coin du tableau — un personnage stylisé qui en tient un autre en joue avec un fusil, comme je le verrai devant la porte du Police Cantonment Complex.

Dans le patio, une seule peinture n'est pas monochrome et abstraite. Elle représente le visage de Li Kheng. Mais c'est surtout son cou immense et ses épaules, d'une blancheur éclatante, qui attirent l'attention. La différence des styles indique clairement que le portrait au cou de cygne n'a pas été peint par son mari.

Je félicite Tiong Beng pour la beauté de ses œuvres. Il hausse les épaules avec modestie et, désignant sa femme, dit :

— L'artiste, c'est elle.

Li Kheng esquisse un geste gracieux de la main, comme si elle chassait une mouche. Elle est actrice. Elle travaille pour le cinéma mais elle est devenue une icône depuis son passage dans un feuilleton télévisé populaire.

— Une torture, commente-t-elle. Je sais à peine parler chinois. J'ai dû prendre des cours particuliers.

Elle s'exprime en anglais, en articulant exagérément les syllabes. Son mari ne peut cacher un moment d'agacement.

— Qu'est-ce que tu racontes ? Tes parents ne parlent que le mandarin.

Elle ne relève pas.

À cause du portrait derrière elle, j'ai l'impression que Li Kheng se dédouble, se diffracte dans la pièce.

La maid a apporté une soupe aux crevettes, potiron et basilic, sans que personne ait paru s'apercevoir de sa présence. Elle s'efface comme une ombre dans la cuisine.

Un aboiement me fait sursauter. Tiong Beng s'en amuse :

— Ce sont nos chiens, Platon et Aristote. Ils veulent aller faire leur promenade.

— Tous les soirs, ils se manifestent précisément à la même heure, renchérit Li Kheng. C'est extraordinaire, vous ne trouvez pas ?

— Ils sont comme des nourrissons, sourit Tiong Beng. Ils sentent la tombée de la nuit.

La maid se dirige vers la sortie. Les deux molosses, qu'elle a du mal à retenir, tirent sur leur laisse.

Li Kheng me sourit :

— Comment se fait-il qu'une journaliste française s'intéresse à moi ? Que me vaut cet honneur ?

— Je prépare un livre sur les artistes asiatiques. Des portraits. Et figurez-vous que j'ai obtenu vos coordonnées par la maid que j'emploie actuellement et qui est restée chez vous quelques mois : Fely Amarador.

Li Kheng acquiesce :

— Ça se passe bien ? Nous l'avons trouvée un peu forte tête.

— Vous ne vous douterez jamais de ce qu'elle m'a raconté sur vous. Elle prétend que vous la battiez.

Tiong Beng et Li Kheng sourient, ils paraissent choqués.

— C'est faux. On ne l'a jamais touchée. Ni moi, ni mon mari.

— Elle dit que vous lui tordiez les lèvres quand elle parlait.

— Elle mentait tellement ! On ne savait plus quoi faire. Alors, chaque fois qu'on la prenait en flagrant délit de mensonge, on utilisait cette punition pour l'inciter à ne plus recommencer.

— Elle m'a parlé d'une gifle.

La réponse fuse aussitôt. Li Kheng semble animée d'une indignation toujours vivace.

— C'est faux ! Je l'ai juste poussée. Elle venait d'essayer d'empoisonner les chiens.

— C'est arrivé une fois, nuance Tiong Beng.

— Elle n'a jamais avoué, ajoute Li Kheng.

— Mais elle venait de leur donner à manger. Une sorte de porridge qu'elle avait tenu à préparer elle-même. Juste après, ils se sont mis à se tordre de douleur.

— Et à vomir du sang.

— C'est ce qui les a sauvés. Ils ont vomi leurs tripes jusqu'à ce que l'effet du poison se dissipe.

— Nous adorons ces chiens, dit Li Kheng les larmes aux yeux. Elle a voulu frapper là où ça faisait le plus mal.

Pour la première fois depuis mon arrivée, Tiong Beng a un geste d'affection pour sa femme. Sa main glisse doucement le long de son bras. Il lui saisit le poignet, sur lequel il exerce une brève pression. Ce témoignage d'amour, si léger soit-il, m'exaspère.

*

Je quitte la table quelques instants. Les toilettes sont situées au premier étage, dans la salle de bains. Je me poste devant le miroir qui surmonte le lavabo.

Je m'observe sans crainte, sans joie ; mes traits ont changé, sans que je puisse déterminer en quoi. Je me trouve belle.

Je ressemble à quelqu'un d'autre.

9

Arrestation

Les flics sont venus nous arrêter le 28 janvier, le lendemain de Thaipusam.

Ils ont garé la voiture devant chez nous. Il était quatorze heures. Toutes les maids étaient attablées sur les places de parking, tous les employeurs à leur fenêtre. J'ai aperçu le visage de Ludivine à travers le voilage de sa cuisine.

Les inspecteurs conservaient à notre égard leur cordialité habituelle. Mikael Lim nous a tendu sa carte. Il a dit :

— Inspecteur Mikael Lim. Du Département des investigations criminelles.

— Je sais bien ! Ça fait quatre mois que vous nous interrogez sans arrêt !

— C'est la procédure. Je dois me présenter à nouveau.

Ils ne nous ont pas passé les menottes. Ils nous ont juste demandé de les suivre. Alexandre a dit :

— Est-ce que nous devons prendre un avocat ?

— La garde à vue peut durer quarante-huit heures. Pendant ces quarante-huit heures, vous pouvez appeler un membre de votre famille ou votre avocat. Vous pouvez consulter un médecin si vous en avez besoin. On vous servira à boire et à manger. Au bout des quarante-huit heures, ou plus tôt, soit vous serez libérés sous caution, soit arrêtés.

— Ou libres, tout court.

Ils nous ont conduits au 391, New Bridge Road. Un premier bâtiment, en cylindre, était posé au croisement de Cantonment Road et New Bridge Road. Au sommet de cette petite tour aux carreaux bleu marine, presque noirs, s'étalait en lettres blanches : « Police Cantonment Complex ». Derrière, un autre bâtiment plus vaste étirait ses teintes blanches et bleu ardoise. La première chose que j'ai vue a été un panneau rouge, représentant un bonhomme stylisé pointant un fusil sur un autre, les bras en l'air. Signalisation indiquant que la zone était sous surveillance armée. Le soleil se reflétait sur les vitres et nous éblouissait.

Nous nous sommes assis en face d'eux, à la « Major Crime Division ». Ils nous ont offert un café. Ils avaient décidé d'agir tranquillement, sans se bousculer. D'abord, ils ont voulu nous laisser en présence l'un de l'autre. Ils cherchaient probablement à observer nos réactions. Ils ont pris tout leur temps. Ils nous ont raconté l'histoire de Didier Launay.

— Je suis comme vous, a fini par dire Keshav Ramsey. J'adore connaître le « pourquoi ». Mais il faut savoir y renoncer. Notre boulot à nous se cantonne à répondre à une seule question : « Qui ? »

— Je ne sais pas « qui », dit Alexandre sombrement. Pas moi. Encore moins Elsa. Elle n'avait aucune raison de le tuer.

— Sans doute. Mais vous, vous en aviez deux.

— Je me moque de l'argent. Quand j'ai prêté ces vingt-cinq mille dollars à Didier Launay, je savais que je ne les reverrais plus.

— Pourquoi l'avoir fait, alors ? demande Mikael Lim.

Kashev Ramsey hoche la tête :

— On ne prête pas vingt-cinq mille dollars à perte. Qu'est-ce qu'il vous a promis, en échange ?

— Vous voulez dire « qu'est-ce qu'il m'a donné en échange » ? Il m'a donné le sentiment de le sauver. Et j'ai aimé ça.

Keshav le contemple sans comprendre. Moi non plus, je ne suis pas certaine de le suivre. Mais il affiche une mine résolue. Si j'étais flic, je le croirais.

— À part cette histoire d'argent, je n'avais aucune raison de le tuer. J'étais attaché à ce type.

— Vous aviez quand même un autre mobile, dit Ramsey. La jalousie fait souvent agir les gens de façon inconsidérée.

L'inspecteur Lim nous scrute tous les deux. Il prend la parole d'un ton neutre :

— Un témoin a parlé. Cette personne n'a pas osé se manifester jusqu'à présent. Mais elle a fini par mesurer les conséquences de son silence.

— Elle nous a appris que Didier Launay et votre femme étaient amants. Elle a même transmis à la police une photo prise sur son téléphone portable qui les montre tous les deux dans une posture sans équivoque. Elle a ajouté aussi que votre compagne s'était absentée pendant une heure, l'après-midi de la mort…

— Et que vous êtes parti à sa recherche. Vous avez également été absent pendant un certain temps. Au moins une demi-heure. Qu'avez-vous fait pendant cette demi-heure ?

*

— Qui vous a dénoncés ? demande Salma.

10

Reflets

Dans l'eau se reflète un visage triste et nu. Les yeux bleu marine semblent gris à la surface du lac. L'orage tarde à éclater. Il est seize heures mais les nuages se sont tellement amoncelés qu'on se croirait déjà le soir. Ils gonflent et s'étendent, ils repeignent l'azur, ils forment un couvercle au-dessus de nos têtes.

Ludivine et moi sommes allées nous promener au MacRitchie Reservoir. Seize hectares sur les versants de Bukit Timah, point culminant de l'île. Nous traversons, sur des caillebotis, les berges du lac étincelant bordé par la forêt tropicale primaire. Les singes, toujours en groupe, nous lorgnent d'un air mauvais. Nous croisons un varan énorme. Le lac reflète les arbres en jeu de miroirs. Il représente une des réserves d'eau que Singapour essaie de se constituer pour ne plus dépendre de la Malaisie. Car la cité-État a beau étinceler de tous les feux de sa réussite insolente, elle se sent vulnérable aux pays qui l'entourent. Minuscule enclave entourée d'ennemis. Pour être libre, il faut une armée puissante. Et de l'eau. L'eau sur laquelle je me penche aujourd'hui pour apercevoir mon visage.

Je lève un bras pour m'assurer que je suis bien cette femme reflétée à la surface. En contrebas, sous le ponton en bois, la silhouette lève un bras, comme un pantin actionné par un marionnettiste. Je m'essaie à sourire. Je me penche tellement que j'atteins presque le point de déséquilibre.

Je porte un tee-shirt et un bermuda. Le bermuda appartient à Fely. De toute façon, elle a tellement grossi que ses vêtements ne lui vont plus. Elle s'en est acheté d'autres, plus larges, plus voyants, que je lui ai payés avec l'argent d'Alexandre. Ludivine apparaît, au-dessus de moi :

— Qu'est-ce qu'elle a, Fely, en ce moment ? On dirait que tu l'engraisses pour un concours.

— Elle se nourrit mal.

— Ah, c'est sûr que les Philippines et la diététique, ça fait deux. Elles se gavent de chips et de bonbons, comme des gosses. Mais il n'y a pas que ça. Elle a changé d'attitude. On dirait qu'elle snobe les autres filles. Fais attention, ça jase. Ma maid dit qu'elle ne leur adresse plus la parole. Elle se prend pour qui ?

— Je ne sais pas.

— Visse-la. Elle va mal tourner, sinon, c'est moi qui te le dis. Elle va finir par quitter le nid en volant ton argent et tes bijoux.

Je ne réponds rien. Je me redresse. Le lac redevient une surface étincelante métallisée, où seule apparaît la végétation tropicale. J'accélère, dans l'intention d'épuiser Ludivine pour qu'elle se taise. Nous sortons des caillebotis et atteignons les chemins au cœur de la forêt. Je marche de plus en plus vite. Sous les feuilles se dissimulent des pythons, des macaques à longue queue, des varans, diverses espèces d'oiseaux. Ludivine évoque un souvenir lié à son enfance. Un événement minuscule qui a eu lieu dans les Vosges. Par politesse, je feins de m'intéresser. Je demande :

— Tu as grandi dans les Vosges ?

Sa mine se chiffonne. Au début, je ne comprends pas pourquoi. J'ai fait un effort pour participer à la conversation, malgré la chaleur implacable.

— Je t'en ai parlé la dernière fois. Et de ma mère qui… dit Ludivine.

Je ne m'en souviens pas. Je feins de me remémorer la discussion :

— Ah oui, les Vosges…

Mais je vois bien qu'elle n'est pas dupe.

J'emprunte une passerelle au-dessus de la canopée, elle culmine à vingt-cinq mètres du sol, reliant Bukit Kalang et Bukit Pierce, les deux plus hautes collines autour du MacRitchie Reservoir. Je cours presque. Je m'enivre de l'odeur rance des fleurs et des feuilles. Ludivine halète derrière moi.

— Qu'est-ce qui te prend ? Ralentis. Je n'arrive plus à te suivre.

Je presse le pas. De toute façon, la passerelle est à sens unique. Désormais, il n'y a plus aucun moyen de revenir en arrière.

*

Quand je rentre, épuisée, les vêtements trempés de sueur, Fely est assise sur le canapé. Elle lit un roman d'amour. Toujours le même, celui d'un insolent bonheur blanc. Elle s'est préparé un café au lait. Elle me sourit :

— Ça va ?

— Oui. Ludivine m'a dit que tu étais trop grosse.

— Les Philippins aiment les grosses femmes, fait-elle remarquer avec sérieux.

— Tout le monde pense que tu n'es plus la même. Ton comportement va nous trahir.

— Surtout vous.

Elle pose son livre. Et, soudain, elle se redresse et dit :

— Parce que si je parle, vous serez pendue.

En prononçant ces paroles, elle passe la main devant sa gorge d'un geste sec. Elle a pourtant parlé sans animosité, comme s'il s'agissait d'un simple constat. Je réfléchis à ce qu'elle vient de me dire. C'est la première fois que j'imagine mon exécution. Ni Alexandre ni Louise ne seraient autorisés à venir. Les seuls spectateurs de ma pendaison seraient les proches de l'Arabe. Plus tard, des âmes charitables finiraient par apprendre à ma fille pourquoi elle avait perdu sa mère.

Je réponds :

— Mais je ne l'ai pas tué !

Elle fait une moue dubitative.

— Comme vous voulez…

Elle retourne à son livre. Je monte prendre une douche puis m'enferme dans ma chambre. Même s'il lui arrive d'y entrer, Fely préfère rester dans le salon, avec les voilages tirés. La présence du fantôme vaut mieux que la sienne.

J’enfile un nouveau bermuda que j’ai récupéré dans ses affaires. Je chuchote :

— Okay, m’ame.

Le ton ne sonne pas juste. Je prends ma respiration :

— Qu’est-ce que vous voulez manger, m’ame ?

Je répète la phrase jusqu’à ce qu’elle paraisse naturelle.

*

Une heure plus tard, Alexandre monte me rejoindre. Absorbée par mes essais, je ne l’entends pas arriver. Il me considère avec perplexité :

— J’ai trouvé Fely assise sur le canapé, en train de lire.

Il hésite à en dire plus. Finalement, il se jette à l’eau :

— Elle continue à bien faire son travail ? Ce n’est pas que ça me gêne qu’elle s’asseye sur le canapé. Évidemment. C’est juste… Je n’ai pas l’habitude. Ça fait drôle quand même de la voir en train de bouquiner. Elle ne devrait pas plutôt…

Il s’interrompt. La bien-pensance lui interdit de poursuivre. Je tranche :

— Oui, elle fait bien son travail.

Il ne sait pas trop quoi ajouter. Dans le reflet du miroir, il m’aperçoit soudain. Il me contemple avec étonnement :

— C’est à elle, ça, non ? Depuis quand tu portes ses vêtements ?

— Son bermuda ne lui va plus. Il est trop étroit.

Il s’approche. Une expression indéfinissable déforme ses traits. Il tend la main, se retient. Il reste immobile. Mon reflet au bermuda, dans la glace, comme posé entre nous deux. Il fait quelques pas pour sortir de la chambre. Il referme sans bruit. Puis il revient. Il attrape mes cheveux et les tire en arrière. Il dit :

— Enlève-le.

J'hésite un instant. Il tire plus fort. Je dis :

— Oui, sir.

Il marque un temps d'arrêt. L'hésitation le reprend, puis se dissipe. Il tire plus fort sur mes cheveux. Il arrache mon bermuda. Je supplie :

— Non, sir. S'il vous plaît, ne me frappez pas.

Il me gifle.

— Tu as mérité ta punition. Tu as encore menti. J'ai vu que tu volais dans la caisse.

— Non, sir.

— Menteuse !

— Je vous jure, sir.

— Arrête de tricher avec moi. Je ne supporte pas les tricheuses.

Il gifle encore.

— Pour te punir, je vais t'essayer dans les deux positions.

Au moment où il me retourne, nos regards se croisent. Des regards d'enfants perdus. Nous nous laissons dériver lentement dans la moiteur du soir.

11

L'animal de compagnie

Plus tard, quand les flics nous arrêteraient, l'inspecteur Lim dirait à Alexandre :

— Vous n'êtes pas le premier à avoir été escroqué par Didier Launay. La liste est longue. Il est venu ici, à Singapour, pour éviter la prison dans votre pays.

« Il a commencé par fréquenter une animatrice de télévision. Mme C***. Il s'est fait passer pour un immigré kabyle. Il racontait qu'il avait été marin, puis docker. Il a cherché à l'émouvoir par ses conditions de vie difficiles. Mme C*** lui a présenté ses amis. Il est devenu son… comment dire ?

— Son animal de compagnie, hasarde Keshav Ramsey.

— Disons son faire-valoir, reprend Mikael Lim. Ils se sont servis mutuellement. Il lui soutirait de l'argent, toujours plus. Elle accrochait à son bras un trophée plus jeune de vingt ans, assez séduisant — vous serez de mon avis…

Il me fixe. Son visage est dénué de toute expression. Puis il se met à rire.

— Et aussi, ajoute-t-il, il semble qu'elle ait été fière de s'afficher avec une… minorité.

— On dirait que la mixité ethnique, en France, est assez rare pour susciter l'admiration, souligne l'inspecteur Ramsey.

— Didier Launay a utilisé cette femme comme marchepied. Il a rencontré le monde du showbiz. Il s'est mis à emprunter de plus en plus d'argent.

— Comment dites-vous en français ? s'interroge Ramsey. Un « gigolo » ?

Lim nous adresse une moue comme pour excuser son collègue.

— Nous ne savons pas ce qu'il donnait en échange de l'argent qu'il soutirait. Peut-être des relations sexuelles. Mais peut-être qu'il n'indemnisait ses victimes qu'en mensonges. En tout cas, ses faveurs sexuelles, ou ses histoires, valaient cher. À cette présentatrice, il a extorqué quatre cent cinquante mille euros.

Juste à cet instant, je me souviens de son visage. Je me souviens de son intonation. La chaleur de sa voix. La force d'évocation qu'il possédait quand il se mettait à raconter. Sans doute ses récits valaient-ils quatre cent cinquante mille euros. Infiniment plus, ou rien du tout. Le prix des rêves a un cours volatil, Salma me l'avait assez répété.

*

« Moi, je donne infiniment plus que je ne possède. Mes présents ne se comptent pas avec une calculatrice. Mes terres ne se mesurent ni en arpents ni en mètres.

« Moi, je descends tout un fleuve quand les autres,

les gens sincères, commencent à peine à tremper leurs pieds dans l'eau. Je bois aux fontaines qui coulent dans ma tête, j'offre des festins imaginaires. Les oiseaux de paradis me tressent des nuages de plumes orange et bleues. Je déverse des pluies d'or sur les mers desséchées. Les vents jouent des mélodies secrètes pour ceux que j'aime.

« Je parcours un continent quand ils traversent une départementale consultable sur les plans cadastraux. Je suis riche de scènes interdites, de territoires inconnus, j'ai des fortunes qui ne valent rien, je suis pauvre comme un roi. Avec toute leur vérité, ils vivent dans un monde étroit comme un enclos à poules.

« Mais toi, tu n'es pas comme eux. Je l'ai vu tout de suite. Pas comme ton mari et ses amis, plongés dans la fosse à réel. La réalité est souvent une charretière, tu ne trouves pas ?

« Toi, tu connais des mondes où ils n'iront jamais. Des lieux dont ils n'osent pas rêver.

« Je mens pour mentir. Parce qu'il y a un moment où mentir est une politesse.

*

Je m'enorgueillissais qu'il ne m'ait jamais fait payer ses mirages. J'avais d'autant plus envie de le défendre que je me sentais absurdement fière. Mais je devais me taire. La solidarité entre Alexandre et moi constituait la clé de notre salut. Nous nous tenions par nos mensonges, par nos silences. Si je lui avouais que Nessim avait été mon amant, Alexandre pourrait avoir une réaction imprévue. Parler aux flics de mon changement après la mort de l'Arabe.

De son côté, il ne m'avouait rien non plus. De quel mensonge Nessim l'avait-il rétribué, en échange des vingt-cinq mille dollars ? Je me sentais trop fragile pour entendre ses confidences. S'il m'avait avoué que Nessim le payait en caresses, j'aurais été capable de le vendre. De revenir sur leur dispute au poker. De dire combien Alexandre pouvait devenir violent, dans certaines circonstances.

Un jour que je l'avais contrarié, en lui reprochant son mutisme, il avait balancé un coup de poing dans le mur. Sa main saignait, il avait réussi à faire un trou dans la cloison en plâtre. C'était le début de notre relation, je m'étais demandé combien de temps il faudrait pour que ce coup m'atteigne en plein visage. Finalement, rien n'est advenu, que mon effacement progressif derrière les applications payantes de sa tablette électronique.

*

— Enfin, a poursuivi l'inspecteur Lim, il a escroqué un million à un producteur de cinéma. Il l'a convaincu en lui montrant un titre de propriété d'un immeuble parisien qui valait trois millions.

— Un faux, a murmuré Alexandre.

— À peine, a repris Keshav Ramsey. Il l'avait volé à son père et avait juste changé le prénom.

— Vous voulez dire que son père possédait un tel immeuble ? j'ai demandé.

— Oui, Didier Launay appartenait à une famille

d'industriels français d'Alsace. Son père lui avait fait une rente plus que confortable. Cinq mille euros par mois.

— Qu'est-ce qu'il faisait de l'argent, alors ? Il jouait ? a demandé Alexandre.

— Non, pas à notre connaissance. Il n'est jamais répertorié parmi les clients ni de nos casinos ni des casinos français.

— Le poker ?

— On dirait qu'il misait des sommes dérisoires. Au maximum cinquante dollars. C'est ce que vous nous avez dit. Et vos voisins l'ont confirmé.

Il y a eu un silence.

— Je suis comme vous, a fini par ajouter Keshav Ramsey. J'adore connaître le « pourquoi ». Mais il faut savoir y renoncer. Notre boulot à nous se cantonne à répondre à une seule question : « Qui ? »

*

J'ai eu envie de leur raconter l'immensité du monde que l'Arabe blond savait ouvrir. Et que ces rails, ces routes, ces docks, ces aéroports justifiaient sans doute un peu de sang.

12

Le désert

— Où sommes-nous ? lui ai-je demandé.

— Tu ne devines pas ? a répondu Nessim. Avant nous deux, personne n'a jamais vu le soleil. Les autres en ont entendu parler. Ils sont aveugles. Nous voyons le soleil pour la première fois. Pour la première fois, le monde autour de nous. Il faut dire qu'il règne, dans cet endroit du monde, une pureté quasi géométrique.

— Non, je ne devine pas.

— Nous sommes en Algérie, chez moi. En plein cœur du désert. Au début, nous ne percevons que deux couleurs. Du jaune et du bleu. À perte de vue. Puis nos yeux s'habituent, comme on s'accoutume à l'obscurité.

« La variété infinie des ors, du brun au blanc, si riche que les mots nous font défaut. Celle de la luminosité.

« La trompeuse uniformité du ciel.

« Le jour, nous marchons sur des routes dessinées dans le sable. Ces routes, je les connais par cœur. Je les ai sillonnées enfant. Mes pieds les reconnaissent.

« La nuit, nous dormons dans des tentes en nous

serrant l'un contre l'autre. La température a chuté de quarante degrés.

« Sais-tu pourquoi ?

— Non. Dis-moi.

— L'atmosphère y est trop pure. Ailleurs, le soleil chauffe le sol pendant la journée, et les nuages retiennent la chaleur prisonnière.

« Ici, le ciel sans nuages la laisse entièrement s'envoler.

« L'inverse de Singapour, en somme.

*

— La nuit, le désert se peuple. Les animaux, surtout des insectes, se mettent en quête de nourriture. S'ils n'ont pas besoin de boire, ils absorbent l'eau dans la chair de leur proie. Des scorpions jaunes ou noirs. Les fennecs. Les vipères des sables.

« Un soir, nous apercevrons une gazelle.

« Le jour suivant, nous marcherons longtemps. Jusqu'au moment, dit-on, où il n'y a plus que la tête qui marche. Nous repousserons l'horizon toujours plus loin. Comme tu auras mal aux pieds, nous appellerons le guide resté quelques mètres derrière nous.

« Il te donnera du pain, qui sera rassis. De l'eau encore fraîche. Des dattes. Tu auras des ampoules. On s'assoira par terre. Tu enlèveras tes chaussures. Tes pieds auront gonflé. Je les serrerai contre moi.

*

— À l'aube, on sortira la feuille de route. La chaleur nous terrassera d'un coup. Nous croiserons sur le trajet un fennec dont les poils blonds se confondront avec la couleur du sable. Nous aurons soif.

« Si soif que nous commencerons à voir des mirages.

« En face de nous apparaîtra un lac, un lac d'environ un hectare, recouvert de nénuphars au-dessus desquels voleront des libellules.

« Pour ne pas éveiller l'attention, nous nous tapirons derrière les roseaux bordant l'entrée du lac et nous attendrons sans plus faire un geste, scrutant la terre, scrutant l'arrivée des canards.

« Nous partagerons la tension de cet instant, les lacs ou les marais, les ciels d'automne.

« Nous serons arrachés à nos rêveries par des bruissements de feuilles au loin. Un bosquet bougera, en face, de l'autre côté du lac. Nous attendrons de voir surgir un animal. Mais ce sera une femme.

— Déjà ? Nous serons déjà lassés l'un de l'autre ?

— Ne sois pas si naïve. Sa présence n'aura rien à voir avec la lassitude. Tu sais bien qu'on n'est jamais deux, même si on peut en avoir l'illusion. Derrière chaque être aimé, il y en a un troisième. Le médiateur. Qu'il soit réel ou imaginaire n'a pas d'importance, mais il existe toujours. Pour rassembler deux personnes, il faut toujours un fantôme.

« Ce sera une femme. Jeune et nue.

« Elle sortira du bosquet. Nous la regarderons pénétrer dans l'eau sans bruit. Pas un clapotis, rien ne viendra rider la surface verte. Elle aura des cheveux noirs et une bouche large. Pendant une heure, elle se baignera. Nous attendrons qu'elle sorte — nous verrons son dos. Sa jambe s'arc-boutera. Son pied s'enfoncera dans la terre amollie des marais. Son talon glissera dans la boue. Nous essaierons de la retenir.

« Elle nous dira qu'elle s'appelle Souad. Elle mentira peut-être mais nous trouverons son nom si beau que nous la remercierons d'avoir, par son invention, ré-enchanter notre portion d'univers.

« Souad. Après, elle s'effacera comme elle est apparue.

— Raconte encore la nuit. La fraîcheur, surtout. Parle-moi de la fraîcheur.

Et Nessim reprenait haleine, avant de poursuivre son récit.

13

La foire

Entre Salma et moi, posé sur une table en plexi, mon portable vient de s'allumer. Je l'ai mis en mode silencieux. Seul un carré bleu pâle indique qu'on cherche à me joindre. Alexandre ignore où je suis et, vu l'heure, tardive, il doit commencer à s'inquiéter. Je me tourne vers Salma et lui jette un regard interrogatif. Lentement, elle fait non de la tête.

L'écran s'allume à nouveau. Je me détourne tandis que Salma m'encourage à poursuivre.

— C'est Fely qui vous a dénoncés aux flics ?

Salma me scrute derrière un nuage de fumée.

— Non. Elle aurait pu le faire. Elle avait toutes les cartes en main. Mais elle ne l'a pas fait. Ce n'est pas elle qui nous a donnés.

— Alors qui ?

*

Le lendemain du Nouvel An chinois, le 23 janvier, il y a eu une grande braderie, organisée par des femmes expatriées. Ludivine voulait absolument y aller. Elle disait qu'il y aurait tout le monde. Elle entendait par là Chantal Lauris. En plus d'avoir fait fortune avec sa chaîne de boulangeries françaises, cette dernière vendait des meubles.

Ces braderies s'appelaient des *fares*, un lieu de réunion pour tuer l'ennui, en achetant des objets qu'on possédait déjà et en échangeant des propos cruels. Beaucoup de ces femmes, qui avaient eu un emploi avant de suivre leur mari en Asie, s'étaient recyclées dans la vente de vêtements, souvent pour enfants, de bijoux, d'accessoires ou de meubles. Il y avait des Françaises, des Anglaises, des Australiennes. Nous cheminions le long des stands. Ludivine parlait sans arrêt.

— Il faut vraiment que tu la reprennes en main. Quand elle a eu la dengue, on aurait dit que tu étais devenue la bonne de ta bonne. C'est ce que les gens ont pensé. Et les premières, ça a été les maids. Elles ne sont pas habituées à ça. Ça les perturbe. Il paraît que tu as augmenté son salaire. Elle s'est vantée sur tous les toits que tu la payais sept cents dollars. C'est vrai ?

— Oui. Après tout, ça ne fait que quatre cents euros.

— Mais tu lui paies tout le reste ! Et puis, elles ne savent pas économiser. Tu leur donnes un peu et dès que tu as le dos tourné, elles envoient les trois quarts à leur famille et elles dépensent le reste. Moi, je lui verse son salaire sur un compte. Elle n'a pas le droit d'y toucher. Ça la force à en garder pour elle.

Ludivine s'interrompt. Son visage s'éclaire. Elle vient d'apercevoir Chantal Lauris. Plusieurs femmes, que nous avons vues à la réunion de charité, se sont massées autour de son stand. Ludivine la salue. Chantal Lauris lui adresse un vague signe de tête. Déçue, Ludivine se met à contempler les meubles avec attention. Elle fait des réflexions à haute voix, dans le but d'attirer l'attention de Chantal Lauris :

— Tu as vu comme le bois est délicat ? C'est incroyable, les teintes qu'il a.

Elle s'adresse ostensiblement à moi. Je maugrée une réponse. Elle poursuit ses fausses questions, auxquelles je finis par ne plus répondre du tout. Intriguée par mon désintérêt, Chantal Lauris m'interpelle :

— Vous n'aimez pas les meubles ?

— Non.

Ludivine essaie de m'interrompre, de dire que je plaisante. Chantal Lauris me fait face. Elle a oublié d'un coup les autres femmes qui l'entourent :

— Pourquoi êtes-vous là, alors ?

— Pour vous observer.

*

Quand nous repartons, Ludivine esquisse un geste de victoire avec son poing :

— Au début, elles ont cru que tu te moquais d'elles. Mais tu les as retournées comme des crêpes. Elles te dévoraient toutes des yeux ! Tu as vu ?

Elle prend un ton de confidence :

— Tu sais, je voulais te dire : je crois que je ne vais pas retourner chez le cancer du cerveau.

— On devait passer la voir pendant le week-end, pour qu'elle ne reste pas toute seule.

— Je sais. Mais, pour être honnête, c'était dur la

dernière fois. J'ai des enfants, un mari. Je dois aussi penser à eux. Me préserver.

*

Nous étions arrivées en milieu d'après-midi. Nous avions acheté une boîte de chocolats dans une boutique de Tanglin Mall. La malade était réveillée, cette fois. Elle nous a reçues avec un sourire cordial. Elle s'est présentée, elle s'appelait Maud. Ludivine a soupiré de soulagement. La normalité reprenait ses droits. L'objet obscène qu'était devenu le corps de notre hôtesse restait dissimulé sous ses vêtements. Il nous était donc possible de l'oublier, de faire comme si la charogne n'avait pas déjà pris possession de sa chair.

La maid est arrivée avec du thé et des petits gâteaux. J'ai demandé une bière. Nous avons conversé de façon neutre. Ludivine semblait aux anges. Elle a proposé à Maud de l'emmener nager à la piscine. Maud et moi nous sommes regardées. Elle n'a rien répondu.

De mon côté, j'avais du mal à la considérer sans voir s'interposer entre son visage et mon œil le sexe rose vif, les plis de son aine, ses organes affleurant sous l'épiderme. La conversation a rapidement tari. Après tout, nous ne nous connaissions pas. Nous ignorions tout de ce qu'avait pu aimer cette femme, de ses centres d'intérêt, si elle en avait jamais eu, comme de ses détestations. Ludivine s'est efforcée d'éreinter une connaissance commune, mais Maud ne l'écoutait pas. Son combat contre la maladie l'avait visiblement immunisée contre la cruauté ordinaire.

L'arrivée de son médecin, une Singapourienne un peu sèche, a meublé le silence. Nous avons proposé de partir mais Maud nous a retenues. Elle souhaitait que nous restions encore un peu. Ludivine m'a jeté un regard de supplication mais je n'ai pas su comment décliner.

Nous sommes sorties pendant la durée de l'examen. Quand nous sommes revenues à son chevet, Maud avait un visage altéré. Elle a jeté à Ludivine un œil mauvais. Elle a lancé à haute voix :

— Pourquoi cette pute sort sa langue comme une chienne ?

Ludivine se plie en deux comme si elle avait reçu un coup à l'estomac. Elle se tourne vers moi avec indignation.

— C'est trop fort ! explose-t-elle. On vient l'aider et elle… elle m'insulte !

La médecin n'a pas bronché. Elle s'adresse à nous sans nous faire face, nous ne méritons visiblement que son mépris :

— Je me demandais qui vous étiez. C'est la première fois que je vois quelqu'un lui rendre visite. Vous êtes un genre d'œuvre de charité, c'est ça ?

Ludivine hoche la tête :

— Nous venons pour lui apporter du soutien. Mais on dirait qu'elle n'en veut pas. Je ne suis pas venue ici pour me faire traiter de…

La médecin l'interrompt. Elle parle d'un ton neutre :

— Le cancer du cerveau crée des troubles du

comportement. La science ne détermine pas exactement de quelle façon, mais la tumeur altère des zones liées à l'inhibition, en particulier sexuelle. Si vous voulez l'aider, il faut accepter les symptômes provoqués par la maladie.

Quand nous sommes sorties, Ludivine n'a rien dit. Elle semblait secouée. J'étais certaine qu'elle ne voudrait plus jamais retourner chez Maud. J'ignorais juste quels mots elle emploierait.

Elle prend un air grave en fixant la route.

— Cette femme ne veut pas vraiment s'en sortir. Je ne sens pas en elle le désir de lutter. Et quand on sait comme la guérison se joue dans la tête, je ne suis pas optimiste…

*

Plus tard, Ludivine insiste pour que nous allions nous baigner.

Je me pose sur un transat et, comme le ferait Salma, je me contente d'attendre les oiseaux jaunes. J'ai eu si chaud toute la journée que j'ai cherché un coin d'ombre. Les feuilles des palmiers bruissent. Je ferme les yeux. Il n'y a plus que le bruit léger des clapotis, quand Ludivine atteint le bord et repart pour une nouvelle longueur, à un rythme insupportablement lent.

Je ne pense plus à rien. Je commence à m'assoupir. Depuis quelque temps, le souvenir de Pontianak n'est plus si obsédant. Elle me laisse tranquille. Elle ne surgit plus à l'improviste dans mon cerveau. Elle dort. Ou peut-être que son fantôme affamé a fini par trouver une pitance qui l'a satisfaite. Je me surprends à espérer qu'elle va cesser de me hanter.

— Je vais me commander une glace. Tu en veux une ?

Penchée au-dessus de moi, Ludivine m'observe. Je ne sais si c'est à cause des gouttes d'eau ou de son cou, blanc et mou, obscène, que j'ai commencé à la traiter de salope.

*

Le 28 janvier, les inspecteurs Lim et Ramsey se garaient devant la porte de notre bloc pour nous arrêter. Ludivine n'avait pas perdu de temps.

14

Interrogations

— Vous avez également été absent pendant un certain temps. Au moins une demi-heure. Qu'avez-vous fait pendant cette demi-heure ?

L'inspecteur Lim considère Alexandre. Moi aussi. Alexandre feint de ne pas s'en apercevoir. Il parle à son rythme, avec parcimonie, comme il l'a toujours fait. Il semble calme mais je sens son angoisse.

— Je n'ai pas été absent une demi-heure.

— Les caméras de vidéosurveillance vous ont filmé, répond l'inspecteur Lim. Vous voulez voir ?

Alexandre marque un temps de réflexion.

— Je peux avoir un café ? demande-t-il.

— Naturellement, répond Mikael Lim.

Il sort, revient quelques instants plus tard avec un café américain et du sucre en poudre. Alexandre le remercie, Lim incline légèrement le menton. Alexandre trempe les lèvres dans le café. Il se brûle. Les volutes montent vers son visage et s'y dissolvent. Je me tourne vers la fenêtre.

— Je me doutais de quelque chose.

Au son de sa voix, je devine qu'il s'adresse à moi.

Mais son expression est curieusement neutre. Elle n'indique ni colère, ni tristesse.

— Il aurait fallu être aveugle pour ne pas remarquer qu'il se passait quelque chose entre Nessim et toi. Même moi, je m'en suis rendu compte. Bizarrement, c'est son comportement à lui qui a attiré mon attention. La façon qu'il avait de ne jamais te regarder. De ne pas te parler. Toi… Toi, c'était plus imperceptible. Tu paraissais juste plus concentrée que d'habitude.

Il se tourne vers les flics :

— D'habitude, Elsa est un peu amorphe. Elle se laisse glisser. C'est moi qui m'occupe de tout. Je fais l'interface entre elle et le réel : les factures, les formulaires administratifs. Je réponds au téléphone, j'organise les locations de notre appartement à Paris.

— Votre femme est asociale ?

— Paresseuse. Elle plane.

L'inspecteur Lim acquiesce.

— Donc, reprend Keshav Ramsey, vous vous doutiez qu'elle vous trompait.

— Vous préférez peut-être nous en parler sans votre femme ? suggère Mikael Lim.

Alexandre secoue la tête :

— Non, je ne veux rien lui cacher. Elsa m'a donc paru… concentrée. Comme focalisée sur quelque chose. Ou quelqu'un.

À nouveau, il se tourne vers moi :

— Il m'a suffi d'être attentif.

— Et ça vous a rendu jaloux ? demande Ramsey.

Là, Alexandre marque une pause. Déstabilisé. Il reprend une gorgée de café.

*

À travers la fenêtre, on entend monter le brouhaha des voitures. Les arbres grimpent jusqu'à notre étage. Quelques oiseaux blanc et noir viennent s'y poser. Derrière, des nuages moutonnent sur le bleu du ciel. Il ne pleuvra sans doute pas aujourd'hui.

— J'ai été agité de sentiments contradictoires. J'ai eu peur de passer pour un imbécile auprès des autres. Je me suis senti humilié. J'ai ressenti de la colère contre toi. Et aussi, c'est vrai, un intérêt nouveau. Ne le prends pas mal, Elsa, mais je me suis demandé ce qu'il te trouvait. Je sais que tu as plein de qualités. Ce n'est pas la question. C'est juste que je t'avais un peu… perdue de vue.

L'un des nuages capte plus particulièrement mon attention. Il ressemble à un gros matou. Il y a même sa moustache, qui s'étend puis se comprime. Le visage du chat grossit. Il commence à perdre la netteté de ses contours. Je me concentre pour ne pas le perdre.

— Ce jour-là, le 15 septembre, vous êtes allé voir Didier Launay ?

— Pas précisément. Tout le monde était à la piscine, sauf Nessim. Quand Elsa est partie, je savais qu'elle allait le rejoindre. Elle a prétexté qu'elle allait chercher Louise. J'étais sûr qu'elle mentait.

— Vous doutiez qu'elle veuille s'occuper de sa fille ? interroge Keshav. Pourquoi ça ?

— Nous avons perdu un petit garçon il y a deux ans. Il aurait eu trois ans dans deux semaines. Depuis,

Elsa ne l'avouera jamais, mais elle a un peu changé. Avec Louise, c'est comme si elle se protégeait. Comme si elle refusait de s'investir.

*

Dehors, le chat a entamé sa désintégration. Il se délite progressivement. Il se disloque sous l'effet de la brise.

— J'ai décidé de les suivre, poursuit Alexandre. Je voulais les voir. Je comptais me poster à la fenêtre de la chambre — on aperçoit le salon de Nessim, de là-bas.

— Et vous l'avez fait ?

— Oui. Je suis allé chez nous. Et j'ai vu Elsa. Elle berçait Louise dans ses bras. Alors… alors j'ai eu honte de moi. Et je suis parti faire un tour dans le condo avant de retourner à la piscine.

Évidemment, je sais qu'il ment. Mais les flics ne connaissent pas comme moi les nuances de ses intonations. Mikael Lim se contente de dire :

— Parfait. Nous avons convoqué un témoin pour corroborer votre emploi du temps.

— Une de vos voisines nous a dit que votre maid, Fely Amarador, était malade, ce jour-là, sourit Ramsey. Elle va pouvoir confirmer ce que vous venez de nous dire.

L'inspecteur Lim consulte sa montre :

— Elle ne devrait plus tarder.

15

La fête des fous

Deux jours plus tôt, le 26 janvier. Fely est allongée sur une chaise longue, au bord de la piscine. Autour d'elle, les palmiers gigantesques, les frangipaniers, les arbres à pluie au tronc colonisé par les fougères. Elle se redresse en voyant arriver ses invités. Il y a Lita, Ate Maria, Lynn, Lourdes, Marivic, Lourlyn, JennyRosa, Kenneth, Jalen, Jet. Les hommes sont moins nombreux : excepté Rajagopal, je distingue deux types de la sécurité, le balayeur aux deux dents, et un ou deux travailleurs indiens ou malais que je ne connais pas. Ils se sont mis sur leur trente et un. Les maids philippines ont toutes des talons compensés, des chaussures vernies. Elles portent des jeans slim, des ceintures rouges ou rose vif, des minijupes, des hauts en strass. Sous leurs tenues du dimanche, je devine les dessous léopard et les faux diamants. La plupart des femmes ont des problèmes de peau, à cause des crèmes éclaircissantes. Elles parlent fort.

Les hommes se resserrent en petit groupe. Face à elles, ils paraissent ternes, craintifs. Loin de son poste de contrôle, Rajagopal semble encore plus minuscule. Lita s'approche d'eux. Elle prononce quelques paroles en tagalog, adressées à ses amies. Elles rient. Les hommes se recroquevillent. L'un d'eux, bravache, essaie de lui caresser la joue, mais elle attrape sa main et suce l'un de ses doigts. Les rires redoublent.

*

Je m'approche, un plateau dans les mains. D'un coup, toutes les voix se taisent. Les femmes me scrutent. Elles reprennent en un instant leur air doux et inoffensif. Elles jettent des coups d'œil à Fely. Celle-ci saisit le cocktail que je lui ai tendu. Elle parle gentiment mais sans m'accorder un regard :

— Merci, Elsa.

Tous en ont le souffle coupé. Ils attendent de voir ma réaction. Sur mon visage flotte la même expression, douce et servile, que la leur. Je l'ai observée si souvent sur Fely que je la reproduis à la perfection. J'avance vers eux un plateau de mignardises que j'ai cuisinées moi-même. Ate Maria n'ose pas se servir :

— Non merci, m'ame.

Rajagopal s'esquive vers l'entrée. Jet est la première à accepter. C'est la seule qui se soit toujours adressée à moi sans m'appeler « m'ame », peut-être parce qu'elle est lesbienne.

Fely prend la parole pour calmer les esprits :

— Je voudrais exprimer ma reconnaissance à m'ame Elsa, qui a tenu à organiser ma *farewell*.

Je hoche la tête pour leur confirmer que Fely dit vrai. Elles s'approchent de mon plateau et tendent un bras timide. Les rires reprennent progressivement. Je vais m'asseoir un peu à l'écart. Jet me rejoint :

— Ça vous attriste tellement qu'elle s'en aille ?

Je hausse les épaules sans répondre. Jet s'assoit sur une chaise, près de moi. Elle dit encore :

— Vous en trouverez facilement une autre. Moi, par exemple. Ou n'importe laquelle de ces filles.

*

De la musique pop monte des enceintes que j'ai apportées et reliées à mon iPod. Lady Gaga, Rihanna. Les maids décapsulent des canettes de bière. Les hommes ont fini par s'approcher. Ils se mettent à boire aussi.

Je voudrais rester seule mais Jet ne part pas. Elle sourit avec ses grandes dents blanches. Parfois, elle fait une plaisanterie et se tape la main sur la cuisse. Elle porte les cheveux ras. Elle est massive plutôt que grasse. Elle touche mon poignet.

Autour de nous, quelques femmes ont commencé à danser. Elles se déhanchent de façon exagérée et leurs voix sont perçantes. Rajagopal est revenu dans le groupe. Je sens le regard de Fely posé sur moi. La main de Jet est toujours sur mon poignet. Je ne la repousse pas. Je ne bouge plus du tout.

À l'entrée de la piscine, j'ai installé une banderole avec des ballons : « Bon retour à la maison. » Le 28 au soir, Fely prendra l'avion pour retourner aux Philippines. Dans sa valise, elle emportera vingt mille dollars en liquide. Elle embarque vers vingt-deux heures.

*

Fely change la programmation musicale. C'est moi qui lui ai appris à le faire. Elle met un slow. Quelques couples se forment. Le bassin n'a jamais été aussi vide. Aucune d'entre elles ne sait nager. Elles se déhanchent avec précaution. L'alcool n'entame pas entièrement leur terreur de l'eau. Certaines filles dansent entre elles, par manque de cavalier. Malgré la pénurie, Rajagopal est resté sur le carreau. Finalement, Lita lui tend la main et le serre contre son énorme poitrine.

Jet fait pression sur mon poignet :

— Vous venez danser avec moi ?

Je ne sais pas trop s'il s'agit d'une question. Elle me conduit près des autres. Fely nous a vues. Elle marche vers Jet. Elle prononce quelques mots en tagalog. Jet rougit violemment. De gêne ou de colère, je l'ignore. Elle s'écarte d'un mouvement brusque et disparaît. Fely reste devant moi. Elle attrape ma taille. Je mesure une tête de plus qu'elle. Mais la puissance qui émane de son corps me prend au dépourvu. Je regarde ses cheveux noirs et brillants. Elle lève les yeux vers moi.

Mon reflet n'est plus qu'une ombre au fond de son iris.

Il fait terriblement chaud. Je me couvre de sueur. Même si elle est plus petite que moi, elle me soutient. Elle semble guider chacun de mes pas. Je me laisse aller dans ses bras comme une poupée de chiffon.

*

Demain, dans la nuit, je la serrerai très fort contre moi. Je caresserai ses cheveux brillants, sa peau que la crème a rendue pâle et grêlée.

Je lui chuchoterai que je n'ai plus qu'elle au monde.

16

Les tours

Fely a été fair-play. La veille de son départ, quand je lui ai remis l'argent, elle m'a rendu le couteau. Elle n'avait pas menti : il était encore maculé du sang de l'Arabe. Je l'ai saisi et je suis allée le rincer dans l'évier.

En regardant le liquide rose pâle s'écouler sur la faïence, j'ai pensé aux rivières, aux affluents teintés de rouge. Pourtant, dans mon esprit, ils continuaient encore à couler. Intacts et bleus. Quelque part en moi, dans un lieu que sa mort n'avait pas su atteindre.

J'ai frotté le couteau longtemps, comme si je pouvais effacer l'histoire. À l'eau de Javel. Puis à l'eau claire. Je l'ai séché soigneusement, avec un chiffon. Quand il est redevenu un ustensile de cuisine inoffensif, je l'ai rangé avec les autres et j'ai refermé le tiroir.

Fely a suivi chacun de mes gestes.

— Si vous n'avez pas tué le sir Nessim, pourquoi vous lavez ce couteau ?

Je ne sais pas quoi lui répondre. Elle ne comprendrait pas. Que connaît-elle de l'amour ?

Je me suis contentée de la remercier :

— Tu as tenu parole. Maintenant, tout va rentrer dans l'ordre.

*

Nous dansons, serrées l'une contre l'autre. Il y a quelques instants, il m'a semblé voir Rajagopal uriner dans la piscine. Près d'un buisson, un couple baisait. Une fille tapait contre la vitre de la *function room*. Leurs gestes perdaient de la cohérence. Ils dansaient en décalé, marionnettes arythmiques et bouffonnes.

J'ai peut-être rêvé, ou trop bu. À moins que tout ne soit réel et, après tout, ils avaient bien le droit, pour une nuit, d'inverser le cours des choses, de se réinventer reines ou princes, de troquer leur éternel sourire pour des grimaces grotesques, des moues de mépris, des rictus de haine. Repeindre l'eau chlorée à la pisse, piétiner les fleurs, cracher à la gueule des oiseaux.

*

Plus personne autour de nous n'existe. Il n'y a plus que sa peau, sa corpulence, son odeur. Plus que nous deux. Je me penche vers son épaule pour que les reflets de ses cheveux cessent de m'aveugler. Ce mouvement m'oblige à une contorsion étrange, presque douloureuse. Elle enfouit sa tête au creux de mon aisselle.

Un Blanc s'est approché de l'entrée. Il veut s'inscrire sur le registre. Il est en maillot de bain, sa serviette nouée autour de la ceinture. Mais Rajagopal a quitté son poste depuis des lustres. Les écrans de télévision retransmettent des images colorées sans le son. On y voit des visages de carnaval, des canettes jonchant le sol et le bassin vide. Le Blanc s'est avancé, le sourcil froncé. Il a crié en anglais :

— Qu'est-ce que c'est que ce bordel ?

Lita a monté le son des enceintes. Ate Maria a levé un doigt dans la direction du Blanc. Quelqu'un lui a jeté un caillou. Le caillou a entaillé légèrement sa chair. Il a porté une main à son front, a contemplé sans comprendre son doigt rougi, puis les maids, les travailleurs, le vieil Indien dont il n'a jamais su le nom. Une autre pierre a été lancée dans sa direction. Il est parti en courant. Sa fuite a été saluée par des rires et une forêt de visages hostiles.

Je m'écarte de Fely :

— Il va certainement appeler les flics. Tirons-nous. Pour ton avant-dernière nuit, tu veux aller où ? Je peux t'emmener où tu veux.

Elle réfléchit.

— Marina Bay Sands.

J'aurais dû m'en douter, qu'elle voudrait le plus luxueux, le plus clinquant. Elle voudrait interposer des meubles Ikea et une Rolex entre elle et la mort. Habiller sa solitude d'une robe Yves Saint Laurent ou d'une bague Chaumet ; elle voudrait à chaque instant dissimuler l'horizon de cendre derrière une paire de Ray-Ban.

*

Le taxi file à toute allure le long de l'ARE en direction des tours. Elle rêve d'aller au casino. Les physionomistes à l'entrée ne font aucune difficulté pour nous laisser entrer. La couleur de ma peau est celle de l'argent, elle nous garantit les faveurs du personnel. Fely tend la main. Je lui donne un seau de pièces pour qu'elle joue aux machines à sous. Elle insère la monnaie dans la fente avec avidité. Elle a perdu son sourire. Un pli se forme sur son front. Elle est entièrement absorbée par le bruit des pièces qui tombent, la musique de la machine, l'alignement des figures. Elle gagne. Elle a un drôle de rire, un bruit de gorge un peu crispé. Elle perd. S'acharne. Ses yeux deviennent deux fissures. Les machines illuminent sa peau de lumières rouges et vertes. Elle gagne à nouveau. Beaucoup d'argent. Elle compte ses pièces, qui remplissent le seau. Ça dure longtemps. Elle se tourne vers moi :

— Huit cent trente-deux dollars.

— Arrête. Sinon, tu vas tout reperdre. Viens manger.

Elle ne répond pas. Elle hésite un moment, puis retourne vers les machines.

Une heure plus tard, quand elle a tout perdu, elle revient et tend la main.

— J'ai besoin de cent dollars.

Je les lui donne. Elle gagne un peu, perd tout.

Plus tard, je lui offre un cocktail au sommet du paquebot. Elle refuse le Singapore Sling que je lui propose. Elle choisit une boisson au lychee, au gin et à la rose. Elle dit :

— Quand j'étais petite, mes parents me battaient pour m'apprendre à obéir.

Elle se perd dans la contemplation de la ville. Sous nos pieds, Singapour scintille de néons électriques. Le musée des Arts et des Sciences ouvre sa main métallique. Fely ajoute :

— J'espère que Louise deviendra une bonne fille, elle aussi.

*

Des tours s'érigent, des édifices émergent du néant. Les ouvriers malais travaillent jour et nuit, dimanche compris. Les promoteurs détruisent les bâtiments au bout d'une ou deux dizaines d'années pour en reconstruire de nouveaux en une valse ininterrompue.

— Quand je suis entrée à ton service, j'ai voulu mourir au début, dit Fely. J'ai rencontré un homme, un Indien. Il m'a quittée. Il a dit qu'il était marié au pays. Et que j'étais trop maigre, de toute façon. Tu ne t'es rendu compte de rien.

— Tu n'avais qu'à le dire.

— Tu aurais fait quoi ?

— Je ne sais pas. Qu'est-ce que tu aurais voulu ?

— Que tu me consoles. Que tu me prennes dans tes bras. Toi ou n'importe qui. J'avais tellement besoin qu'on me touche !

— Je ne pouvais pas savoir.

— Je pleurais toutes les nuits dans mon lit. Tu n'as pas vu mes paupières gonflées ?

— Non.

— Tu es heureuse avec ton mari ?

La grande roue de Singapour tourne si lentement

qu'on la croirait immobile. Il ne doit pas être plus de vingt-trois heures, mais on dirait qu'il est trois ou quatre heures. J'avale une gorgée de cocktail.

— Personne ne m'a jamais posé cette question. Je ne me la suis jamais posée non plus.

— Je vous regardais tout le temps. Quand vous faisiez l'amour, je vous entendais.

— Oui, les appartements sont tellement sonores.

— Le lendemain, tu oubliais toujours de ranger les foulards. Ils traînaient par terre. Je les ramassais. Je savais bien qu'ils servaient à t'attacher. Pour vérifier que je ne m'étais pas trompée, j'examinais les draps. Je trouvais la tache. Je savais. Tu n'as pas remarqué que je changeais les draps chaque fois que vous faisiez l'amour ?

— Non.

— Je sais tout de tes habitudes. La date de tes règles. Combien de papier tu utilises quand tu vas aux chiottes. Ce que tu manges. De quel côté du lit tu dors.

Elle se tait un moment. Puis, comme Salma l'aurait fait à sa place, elle insiste jusqu'à obtenir une réponse :

— Tu es heureuse avec lui ?

*

Les tours se reflètent dans l'eau. Elles ont recouvert les marais, grimpant toujours plus haut, dans un scintillement de verre et de métal. Leurs formes ne reposent sur aucun rappel du passé. Elles ne font pas écho. Elles exaltent juste le futur, la vitesse et l'oubli.

La cité-État est née il y a soixante ans. Mais qui s'en souvient ? Qui se souvient que dans un temps pas si lointain des pirates sillonnaient ses eaux et que l'opium était un fléau sponsorisé par l'Empire ? Qui se remémore l'invasion japonaise de 1942 et ses cent quarante mille morts ? Pour quoi faire ? L'Histoire est une occupation d'oisifs, ceux qui ont déjà abandonné la partie et se réfugient dans le passé en attendant la mort.

— Je crois qu'on commence tout juste à se retrouver, lui et moi.

En haut des tours gigantesques du Marina Bay Sands, une foule d'expatriés en robe de soirée et costume *casual chic* boivent des verres en remâchant de vieux souvenirs. Ils sont les seuls à ne pas s'apercevoir qu'ils sont les vestiges d'un monde englouti. Ils entament un dernier tour de valse pendant que le navire sombre.

17

Vertige

Sur les hauteurs de One North, l'écran de mon portable s'allume pour la quatrième fois. Salma l'attrape, elle lit le nom qui s'affiche :

— Tu as raison, c'est Alexandre.

— Il faut que je le prévienne que je suis ici. Il est déjà minuit et je ne lui ai rien dit.

— Tu n'as qu'à éteindre ton téléphone et l'oublier, propose Salma.

Son intonation tient davantage de l'ordre que de la suggestion.

— Il va s'inquiéter.

Comme pour me donner raison, l'écran brille à nouveau.

Salma observe mon téléphone. Sans se lever de sa chaise longue, elle le jette dans la piscine d'un mouvement sec du poignet. J'esquisse un geste pour le rattraper. Je me rassois. Nous regardons toutes les deux l'objet noir qui flotte comme un cafard avant de s'enfoncer.

— Alors, soulagée ? demande Salma. Te voilà libre.

Au fond de moi, je sais qu'elle a raison. Je ne dirai rien.

Elle lit dans mes pensées :

— Tu es inquiète. Rien de plus normal. C'est terrifiant, la liberté.

*

Les images se pressent dans mon esprit. De leur chaos naît progressivement une idée. Une forme.

Le 15 septembre, Alexandre a disparu une demi-heure. Mais il n'est pas le seul. Fely s'est également rendue chez Nessim.

Et puis, il y a Salma. Ce dimanche-là, elle arrive avec deux heures de retard. Cela ne signifie rien, elle est toujours en retard. Je me rappelle son visage. Ses cheveux mal coiffés. Cela ne signifie rien, Salma se peigne rarement. Et l'odeur de cigarette qui flotte dans l'appartement de Nessim, lorsque j'y suis retournée. Cela ne signifie rien, mais Nessim ne fumait pas. C'est chez moi qu'elle fait la connaissance de Nessim Boudjaaba. Celui qui se faisait appeler ainsi.

Parfois, il sentait L'Heure bleue. Son parfum.

*

Enveloppées ensemble dans l'écume de la nuit. Les yeux de Salma, pareils à deux flaques noires. Seules en haut d'une tour de quinze étages.

Elle a jeté mon téléphone dans l'eau. Je n'appellerai pas au secours.

— Tu m'as suivie quand je suis retournée le voir ?

Le son de ma propre voix résonnant au-dessus du jardin suspendu m'effraie. Salma ne répond rien. J'insiste :

— C'est toi qui as tué l'Arabe après mon départ ?

18

Le désert

— Nous repoussons les frontières du désert.

La voix de l'Arabe blond se met à trembler. Il s'interrompt :

— Je ne peux pas raconter dans ces conditions. Je… je n'y arrive pas.

— Il s'agit juste de mentir, dis-je pour l'encourager. De me donner infiniment plus que tu ne possèdes. De descendre tout un fleuve quand les autres, les gens sincères, commencent à peine à tremper leurs pieds dans l'eau. De boire aux fontaines qui coulent dans ta tête, d'offrir des festins imaginaires. De parcourir un continent quand ils traversent une départementale consultable sur les plans cadastraux. D'être riche de scènes interdites, de territoires inconnus, d'avoir des fortunes qui ne valent rien, d'être pauvre comme un roi. De connaître des mondes où ils n'iront jamais. Des lieux dont ils n'osent pas rêver. Et si ce n'est pas assez… mens juste par politesse.

— Nous repoussons les frontières du désert…

*

Il lève la tête. Ses yeux se voilent. Je regarde couler ses larmes avec stupéfaction.

— Qu'est-ce que tu as ?

Sa beauté me procure un choc furtif. Ses mèches blondes sont collées sur son front. Il transpire. La réverbération des larmes donnent à ses iris une teinte irréelle. La douleur confère à sa beauté des nuances que je ne lui avais jamais vues. La première fois qu'il m'est apparu, il était uniment solaire. Ses boucles, son regard, son corps. Les désirs que ses mains faisaient naître en moi.

— Continue ! Tu m'avais promis une vie nouvelle, l'amour, le désert. Et tu fuis. La moindre des compensations, c'est que tu me racontes notre histoire.

— Enlève au moins cette corde de mon cou.

La corde en cuir est attachée à un pied de la table du salon. Je tire dessus. Elle est très serrée au niveau du cou. Il gémit. Il doit se plier presque jusqu'au sol pour que le lien ne lui entaille pas la chair.

— Continue.

Il avale un sanglot, ou un cri. Quel qu'il soit, il s'agit d'un bruit déplaisant. Je voudrais le faire taire. Comme s'il lisait dans mes pensées, il se reprend. Il redresse son visage vers moi. Je touche son crâne. Je tire sur une mèche. Quelques cheveux me restent dans la main. Je les observe à la lumière de la fenêtre. Leur blondeur ravive mes rêves de dunes.

— Continue, s'il te plaît.

Il se racle la gorge. Sa voix a perdu de l'insolence qui m'avait tant plu. Je ne peux évidemment pas l'en blâmer. Sa position à quatre pattes doit être inconfortable. Surtout pour lui, qui a les genoux cagneux. Je laisse couler ses cheveux entre mes doigts comme du sable.

— Nous repoussons les frontières du désert. Nous…

Il patine. L'inspiration l'a quitté. Il cherche mais rien ne vient. La panique achève de lui faire perdre ses moyens. Je m'efforce de l'aider :

— Il fait nuit, maintenant. Je viens de perdre une de mes chaussures…

— … Tu as perdu ta chaussure. Je vais la chercher…

— … Mais elle a disparu.

— La fatigue te fait craquer. Tu t'assois par terre. Tu te mets à pleurer. Je te rejoins. Tes cheveux couvrent entièrement ton front, tes paupières, tes joues. Je les écarte. Je passe ma main sur tes joues pour sécher tes larmes. Tu attrapes ma main. Tu la fais glisser le long de ton cou. Sur tes seins. Vers ton ventre.

— Continue.

— Je défais la fermeture de ton jean. Je l'enlève. Tu portes une culotte en dentelle rose pâle. Dans l'obscurité, je ne peux pas distinguer sa couleur, mais je la connais. Je connais tout de toi par cœur.

— Parce que tu m'aimes.

— Parce que je t'aime plus que tout. Je sais par cœur la forme de ta poitrine, je pourrais dessiner tes reins. Le moindre de tes viscères, j'en connais l'apparence. Et l'échelonnement de tes côtes, l'état de tes poumons. Je sais l'intérieur de ta gorge. Je sais ton œsophage. Ton intestin grêle. Ton foie. Le réseau de tes nerfs. Tes vaisseaux sanguins. Rien de ton corps ne m'est étranger.

— Parce que tu m'aimes.

— Sur le sable, blanc dans la nuit, ton sexe est une araignée. Tu resserres tes cuisses contre mes oreilles. La nuit se tait. Je n'entends plus rien que le ressac de la marée — le seul bruit qu'on croit entendre, quand on n'entend plus rien que la pression du vide. Tu finis par t'écarter tout entière. J'ouvre la fermeture de mon jean.

Je tire. Il pousse un léger cri et lève vers moi un regard étonné.

— N'essaie pas de me prendre au piège du désir. Le sexe ne m'intéresse pas, juste le voyage. Reprends à « Nous repoussons les frontières du désert ».

— Nous repoussons les frontières du désert.

Sa voix devient métallique. Bercée par son récit, je commence à somnoler.

*

— Parce que moi, dis-je à Salma, je l'ai un peu secoué. Mais quand je suis repartie, il était toujours vivant.

— Tu te trompes, Elsa. Comme d'habitude.

19

Liberté

L'inspecteur Lim regarde sa montre :

— Votre maid ne devrait plus tarder.

Alexandre m'observe en coin. Nous avons fait de grands progrès en un automne et un hiver car je peux maintenant savoir ce qu'il pense. Il ne craque pas. Il se tient à mes côtés, droit, l'air décidé. Je sais qu'il ne m'abandonnera pas. Nous sommes désormais partis trop loin pour reculer. J'ai très envie de dormir, à cause du bourdonnement de la clim.

Keshav Ramsey reçoit un appel. Son visage ressemble à un papier qu'on froisse. Il ôte son chapeau et le remet en place plusieurs fois au cours de la conversation. À de nombreuses reprises, il dit :

— Vous êtes sûr ? Vous êtes sûr que c'est elle ?

Il raccroche. Mikael Lim attend. L'inspecteur Ramsey lui fait signe de le suivre dans le couloir. Ils referment la porte. D'abord, ils chuchotent. Puis l'inspecteur Lim hausse la voix de sorte qu'Alexandre et moi l'entendons à travers la cloison :

— C'est pas possible ! Merde !

Au bout de quelques minutes, ils reviennent. Mikael Lim nous demande d'un ton neutre d'attendre dans une salle. On pourrait appeler ça une cellule, parce que la porte est surveillée et que nous devons demander l'autorisation pour aller aux toilettes ou boire un verre d'eau. Mais la propreté est si impeccable qu'on ne peut donner le même nom à ce lieu et aux trous où, en France, on maintient les suspects en garde à vue. Le sommeil me gagne. L'envie devient irrésistible.

Ils nous ont laissés ensemble. Je me tourne vers Alexandre pour rester éveillée. Je m'apprête à lui parler, mais il me retient d'un geste :

— Non, ne dis rien encore. Je ne préfère pas.

Je respecte son désir. Les amoureux de la vérité sont rares, et je donne désormais raison à ceux qui préfèrent le mensonge. Alors, nous gardons le silence, côte à côte. Nous n'avons jamais été si proches. Il cherche ma main. Nous sommes assis sur un banc. Je m'avance si près de lui que nos épaules, nos bras se touchent. Le contact de sa peau m'apaise. La salle est climatisée. Je penche la tête contre son épaule.

Je finis par m'endormir. Je rêve de Fely, de notre avant-dernier soir toutes les deux. Son menton levé vers moi, quand nous dansions, avait une beauté âpre, un peu sale. Je revois ses lèvres charnues, marron. Dessous, ses gencives se rétractaient. Je connaissais la conformation de ses dents, légèrement déchaussées. À force de vivre en commun, moi aussi je savais ses moindres maux.

*

J'ai ouvert les yeux quand ils sont revenus. Le bruit de leurs pas m'a réveillée. L'inspecteur Ramsey avait encore une expression de stupeur qui s'est estompée progressivement. Mikael Lim, au contraire, paraissait satisfait comme s'il venait de poser la dernière pièce d'un puzzle atrocement compliqué. Il a dit :

— Vous êtes libres.

Il nous a expliqué qu'ils avaient retrouvé le corps de Fely. Elle s'était suicidée en confessant le meurtre de Didier Launay. On avait retrouvé un couteau dans sa minuscule valise. La lame correspondait aux blessures qui avaient perforé le corps de l'Arabe.

Low crime doesn't mean no crime.

— Je ne comprends pas, ai-je dit. Elle devait rentrer ce soir aux Philippines. Je lui avais acheté son billet. L'avion décolle à vingt-deux heures.

— Elle ne montera pas dedans, constate l'inspecteur Ramsey. Apparemment, elle ne s'est pas crue digne d'échapper si facilement à son châtiment.

Il s'attarde sur chacun de nous comme pour mesurer l'impact de ses propos. L'inspecteur Lim fronce les sourcils.

— Mais mon collègue ne croit pas aux remords, reprend Keshav.

Il se penche vers nous et chuchote en confidence, d'un ton désapprobateur :

— Il croit que les méchants sont méchants tout le temps et que deux et deux font quatre.

*

Alexandre ne pose pas de questions. Il ne demande pas pourquoi Fely a tué l'Arabe blond. Il sait déjà ce que les flics vont lui répondre. Il se contente d'approuver, mais je vois bien qu'il s'est retranché en lui-même. Maintenant, je suis complètement réveillée. Alerte, même.

— Où l'a-t-on trouvée ? je souffle.

— Dans votre cave.

Alexandre sursaute. L'inspecteur Lim insiste pour nous faire l'inventaire de la valise que Fely devait emporter pour son départ ; la même petite chose pitoyable que pour son arrivée. Il veut que je confirme que tout lui appartient, il veut être sûr qu'elle n'a agi pour le compte de personne.

Il sort les vêtements de Fely. Elle a jeté ses nippes du début. Elle avait trop grossi pour pouvoir les porter. Des bermudas, des tee-shirts, taille quarante-deux. Un serre-tête en faux diamants. Du maquillage. Un collier que j'avais cherché pendant des mois. Une de mes crèmes de beauté. Des brosses à cheveux. Des barrettes avec des rubans fuchsia. Quelques romans d'amour. Des liasses de billets.

— C'est vous qui lui avez donné ça ?

Alexandre secoue la tête négativement, je l'imite.

— Elle a peut-être économisé, je hasarde.

— M'étonnerait, dit Mikael Lim. Il aurait fallu qu'elle économise l'intégralité de son salaire pendant quatre ans.

— Elle a dû tuer Didier Launay pour le voler. Cet argent, dit Ramsey à Alexandre, c'est peut-être une partie de vos vingt-cinq mille dollars.

Il nous montre quelques photos. Fely habillée en

jeune fille devant une Ferrari rouge. Plusieurs clichés de sa mère. Et surtout de Louise. Il y en a plus que je n'en aurai jamais. Ses premiers jours, lors de son arrivée à Singapour. Ses premiers sourires. Louise à quatre pattes, Louise hissée sur le canapé, Louise sur ses deux jambes, Louise riant à une plaisanterie que Fely lui aura faite, Louise battant des mains comme elle le lui a appris, Louise jouant à attraper des bulles que Fely souffle vers le ciel.

— Elle a écrit une lettre de confession sur un ordinateur portable.

— C'est nous qui le lui avons offert, dis-je. Je lui ai appris à taper et à se servir d'Internet.

— Eh bien, vous n'avez pas perdu votre temps, remarque Keshav Ramsey. Sans cette lettre, vous auriez peut-être été pendue.

L'inspecteur Lim adresse un regard sévère à son collègue :

— Tu vas trop loin, Keshav.

L'inspecteur Ramsey hoche la tête. Il se tait. Mais ses yeux se posent sur mon cou. Nos regards se croisent. Il sourit d'un air gêné en remettant son chapeau en place.

Quand nous sortons, la chaleur nous saisit. Le nuage en forme de chat a complètement disparu.

*

Les yeux de Salma retrouvent avec l'aube leur éclat de cobalt.

D'un bond, je me redresse et marche vers elle.

— Réponds !

Je l'attrape par le cou. Elle essaie de se dégager, je maintiens la pression. Elle parvient à m'échapper et tente de rejoindre l'escalier. Je lui barre la route. Quand je la saisis à nouveau, elle est tout près de la piscine. Premières lueurs.

Il est environ six heures trente du matin.

— Je l'ai fait pour toi. C'était ce que tu voulais, non ? Tu voulais la peau de ce type. J'ai juste réalisé ce que tu souhaitais, bien au fond de toi, sous les couches de culpabilité et de bien-pensance.

— Tu es cinglée.

— Non, je suis juste moins lâche que toi. Tu as peur de tout. De la mort, de tes désirs, de tes colères. J'ai juste laissé éclater ta rage.

20

La lettre

La veille du départ, Fely me dit :

— Quand l'avion va décoller, je penserai à Louise. Je suis vraiment triste de la quitter. Je sais qu'on ne peut pas faire autrement. On ne peut pas rester en contact.

Il y a dans sa voix une incertitude, comme une interrogation.

— Non, il vaut mieux pas.

— Mais j'aurais aimé la voir grandir.

— Plus tard, peut-être.

— On verra. Je vais vivre ma vie, maintenant. J'aurai peut-être des enfants. Je ne penserai plus à la petite Louise.

— Peut-être.

— Tu crois qu'elle se souviendra de moi ?

Elle se met à pleurer. Je reste un moment bras ballants. Puis je la prends dans mes bras. Nous nous serrons l'une contre l'autre. Son corps tremble.

*

Plus tard, dans la nuit, je la serrerai encore contre moi. Je caresserai ses cheveux brillants, sa peau que la crème a rendue pâle et grêlée.

Je lui chuchoterai que je n'ai plus qu'elle au monde.

Mais sa peau sera rigide et gonflée, et déjà elle sentira le parfum éprouvant de la mort. Quand l'intérieur crève et se déverse au-dehors en un flot pestilentiel.

Fely aura gardé un œil ouvert. Son iris conservera mon reflet au fond de la rétine. L'autre côté du crâne formera sur le sol et les murs de la cave de longues traces de peinture.

Près d'elle, il y aura une lettre.

À celui qui trouvera mon corps, ces quelques mots d'explication.

Longtemps, Dieu m'a aimée. Je crois qu'il ne m'aime plus.

En juillet, le 1er du mois, un Français est arrivé au condo.

M'ame Elsa, mon employeur, en est tombée amoureuse. Elle s'est mise à le fréquenter. De chez nous, on voyait le salon du sir Nessim. Quand Elsa sortait de l'appartement, elle filait dans sa tour. Je le voyais fermer les rideaux. Je sais bien ce qu'ils faisaient, derrière les voilages blancs.

Je n'étais pas jalouse de lui, mais d'elle. Je n'ai jamais compris pourquoi elle pouvait acheter ses escarpins à talons et pas moi. Pourquoi elle avait le droit de conduire la Ferrari du sir Jean-Louis. Et pas moi.

Pendant que je balayais son salon, que je nettoyais ses vitres, que je faisais sa vaisselle, elle faisait semblant de s'enfermer dans sa chambre pour travailler. Je savais bien qu'elle ne faisait rien. Elle savait forcément que je le savais. Elle restait devant son ordinateur. Parfois, l'écran n'était même pas allumé. Le plus souvent, elle ouvrait une page. À la fin de la journée, la page était restée blanche. Rien. Elle n'avait pas écrit une ligne.

Par contre, elle avait posé sur son bureau des photos atroces. Au début, je n'osais même pas les regarder. Je n'avais jamais vu de chose si terrible que le jeune garçon à qui on arrachait une jambe et qui hurlait, hurlait. Des dessins de corps déchiquetés, des os, du sang, des blessures.

Elle devait aimer ces souffrances. J'ai toujours pensé qu'elle était complètement folle.

Quand je venais servir ses repas, elle était tournée vers la fenêtre, l'œil perdu. Dieu ne l'aimait pas non plus, sans doute.

Quand le sir Nessim est venu, elle a commencé à s'agiter davantage. Elle ne travaillait toujours pas.

Et pourtant, alors que je m'éreintais du matin au soir, c'est elle qui avait les talons de douze centimètres, le bébé, le mari aux beaux yeux. S'il avait su ce que faisait sa femme pendant qu'il allait gagner de l'argent. Forniquer avec un voisin et se repaître de garçons écartelés.

Je l'ai détestée chaque jour un peu plus. Sa paresse, son goût pour le chagrin des autres. Elle se prélassait, se vautrait dans la contemplation des chairs meurtries et des nuages.

Et je la haïssais chaque jour un peu plus.

Le 15 septembre, j'ai tout entendu. Elle est allée chez lui. Ils se sont disputés. Même en français, ce n'était pas difficile de comprendre qu'elle l'insultait. Je ne sais pas ce qui s'est passé derrière les rideaux, je sais juste qu'ils sont restés longtemps. Et plus ils restaient, plus elle criait. Lui aussi. Mais il n'avait pas le même ton. On aurait dit qu'il pleurait. Il la suppliait. J'ai compris qu'elle venait de le quitter. Plus tard, elle m'a avoué qu'elle et son mari étaient redevenus proches. Ce devait être la raison.

À un moment, sir Nessim a hurlé. Elsa est partie. La petite Louise dormait, je l'ai laissée dans sa chambre et j'ai suivi Elsa. Elle est retournée s'asseoir sur une chaise longue.

Un peu plus tard, en fin d'après-midi, elle est revenue à la maison. J'étais en train de découper des morceaux de viande pour leur repas du soir. J'ai cru qu'elle voulait voir Louise. Moi, ça me rendait triste qu'elle m'abandonne la petite à ce point.

Elle m'a demandé d'aller chercher ses chaussures aux talons de douze centimètres, dans le placard de sa chambre. Je suis montée. J'ai sorti les escarpins de leur emballage. Je les ai descendus. Elle a eu l'air contente. Elle leur a souri.

Elle a glissé son pied dedans. Malgré sa taille, elle fait presque la même pointure que moi. Je me suis dit que ces chaussures m'iraient aussi bien qu'à elle.

Elle est restée sur le canapé, à fixer ses pieds. Quelque chose la contrariait. Elle a fini par me demander d'aller lui acheter un produit spécial pour faire briller le cuir. Une sorte de laque.

Quand elle m'a demandé ça, j'avais repris le découpage de la viande. Je me suis arrêtée. J'ai glissé le couteau dans le sac à provisions que je prenais toujours pour faire les courses. Je ne cessais pas de penser aux talons de douze centimètres. Je suis montée dans la tour. Arrivée devant la porte du sir Nessim, j'ai hésité. Je ne savais plus trop ce que je faisais là. Je voulais lui dire qu'Elsa était une salope, je crois. La porte était entrouverte. J'ai entendu des gémissements. Je suis entrée.

Il était allongé dans le salon, par terre, en chien de fusil. Il y avait une longue corde autour de son cou. Comme un chien. À côté de lui, un livre ouvert.

Le couteau était dans mon sac. J'ai pensé à Elsa, aux photos de torture, aux nuages.

Comme il était attaché et qu'il me présentait son dos, ça a été facile.

En frappant, je voyais les talons de douze centimètres qui dansaient.

Après, j'ai tout lessivé. Les murs, le canapé, tout ce que j'ai pu. J'allais partir quand un téléphone s'est mis à sonner. J'ai d'abord cru que c'était celui du sir Nessim. Puis j'ai fini par dénicher le portable coincé au fond du canapé. Je l'ai tout de suite reconnu. Elle l'oubliait partout, tout le temps — je le lui avais rapporté si souvent. Je l'ai glissé dans mon sac. Je me suis dit qu'après tout il fallait bien que la roue tourne.

Je suis allée chercher de la laque. Elle a pris son ton pincé pour me demander pourquoi j'avais été si longue. J'ai expliqué que la boutique du condo n'avait pas cette laque, j'avais dû aller à Tanglin

Mall en bus. Ça ne l'a pas étonnée : elle n'est jamais allée dans la boutique du condo.

Après, j'ai cru un temps que Dieu ne m'en voulait plus. Les événements s'enchaînaient au mieux pour moi. Sauf que je n'avais pas prévu que la police finirait par l'accuser du meurtre de Nessim. Les deux inspecteurs qui menaient l'enquête m'ont demandé de témoigner. Je me suis dit : au fond, pourquoi pas ?

Ils la pendraient. Et plus rien ne nous relierait jamais l'une à l'autre.

Sauf le remords.

C'est quand j'ai senti monter la boule au fond de mon ventre que j'ai compris que Dieu ne m'aimait plus.

Aussi, quand vous lirez cette lettre, je brûlerai sans doute en Enfer.

Fely.

21

Thaipusam

... C'est quand j'ai senti monter la boule au fond de mon ventre que j'ai compris que Dieu ne m'aimait plus.

Aussi, quand vous lirez cette lettre, je brûlerai sans doute en Enfer.

Fely.

Elle se tourne vers moi. Elle dit :

— Et maintenant ?

Elle est assise au milieu de la cave, sur un tabouret devant une table en bois. Je crois n'être jamais plus venue dans cette pièce depuis qu'Alexandre m'a fait visiter la maison, il y a un an. Elle appartenait implicitement au domaine de Pontianak.

Fely a maintenu les lieux dans un ordre étonnant. Et surtout, elle a tout conservé. Elle a gardé chaque objet que je lui demandais de jeter, elle est allée récupérer chaque encombrant que j'ai déposé sur le trottoir, et elle les a entreposés là, les uns sur les autres. La cave réunit tout ce que Singapour a rouillé, moisi, décomposé. Chaises pour la terrasse grêlées de taches noires et vertes, chaussures aux semelles fendues, aux lanières défaites, vêtements troués, rasoirs neufs couverts de rouille.

Le cœur battant de toute la putréfaction du monde.

La table sur laquelle Fely a posé son ordinateur portable est en voie de désintégration avancée. L'humidité a fait exploser les plaques de vernis qui la recouvraient. Elle écrit, éclairée par la faible ampoule du plafonnier. Je tiens le canon du pistolet contre son dos. Sa voix tremble. Elle dit encore :

— Je confesse tout. Vous êtes libre. Et moi, je m'en vais. Je rentre aux Philippines. Et on oublie tout.

— Oui.

Une expression d'espoir illumine son visage. Elle poursuit :

— Je m'en vais. Je rentre aux Philippines demain. Vous n'entendrez plus jamais parler de moi. Si vous voulez, je vous rends l'argent.

— Non, garde-le. Tu l'as gagné.

J'abaisse l'arme. Fely soupire de soulagement. Le flingue pend au bout de mon bras. Je fais quelques pas, de sorte que je me trouve juste sur son côté droit. Elle continue :

— Je vais m'en aller. J'y vais.

Elle esquisse un mouvement très lent, pour me laisser le temps de la contredire. Elle veut être certaine que nous sommes bien d'accord.

J'acquiesce :

— Oui, tu vas t'en aller. Je vais t'emmener à l'aéroport.

J'essaie de me concentrer sur la situation mais je me laisse distraire par une clameur, au loin. Ici, il est impossible que parviennent les chants et les cris des pénitents qui fêtent Thaipusam. Un enfant, peut-être. Un animal. La voix de Fely me tire de mes réflexions :

— Oui. Oui. Le vol n'est que demain soir mais, comme ça, je suis sûre de ne pas le manquer. Je dormirai dans l'aéroport.

Je me concentre à nouveau sur la situation. Fely semble inquiète. Après tout, la clameur provient peut-être d'Indiens qui auront choisi de célébrer Thaipusam chez eux. Je tire. Je m'étonne de l'efficacité du silencieux. C'est un semi-automatique neuf millimètres, acheté à Geylang, le quartier rouge de Singapour. Un type affilié aux Triades me l'a vendu quatre cents dollars. Comparé au bruit sourd de tout à l'heure, la déflagration paraît dérisoire. J'essuie l'arme avec soin pour effacer mes empreintes. Je la place dans la main de Fely.

J'ai toujours aimé les effluves aigres des caves. Je me retiens de caresser une bouteille de vin couverte de poussière. Il est vingt-deux heures. Je prends une longue douche. Puis je pars en hâte rejoindre Alexandre à Little India pour Thaipusam. Rendez-vous pour l'arrivée de la procession. J'ôte mes chaussures avant de pénétrer dans le temple Sri Thendayuthapani, à Tank Road. L'ambiance est électrique. Je n'aperçois pas Alexandre. Je le cherche un peu mais les premiers membres de la procession happent toute mon attention.

Le premier pénitent est précédé par le battement hypnotique des bongos et des mantras. Il est en transe. Le visage couvert de sueur, les yeux exorbités. Autour de lui, des membres de sa famille l'accompagnent en hurlant pour l'encourager. Bruits sourds des bongos. Vapeurs de camphre, de safran et d'encens. Sur son dos, il porte son kavadi, une structure en bois et aluminium, sur lequel sont accrochés les portraits de la divinité célébrée, souvent le seigneur Subramaniam, aussi appelé Murugan, le plus jeune fils de Siva. Son kavadi doit peser dans les soixante-dix kilos, il est relié à son dos par des crochets en fer, qui transpercent sa peau. Pourtant, le sang ne coule pas. Bruits sourds des bongos. Mantras, cris des proches. D'autres pénitents arrivent, le dos, les joues et la langue transpercés de broches de toutes tailles. Bruits sourds des bongos. Visages en transe. Quelqu'un touche mon épaule. Je sursaute violemment. Alexandre me sourit. Il crie au milieu de la foule :

— Ce n'est que moi, n'aie pas peur.

Il demande si je suis arrivée depuis longtemps.

— Environ une heure. Je t'ai cherché.

— Mais avec ce monde, évidemment, répond-il. On aurait dû se donner rendez-vous ailleurs. Ça va ? Ce n'était pas trop pénible de rester seule ?

Nous nous taisons. Un nouveau pénitent, se tenant très droit, arrive avec un gigantesque kavadi orange et blanc. Il atteint le temple. Il danse en se penchant et en tournant sur lui-même au son des bongos. Les images de la déesse ressemblent à des plumes. Il les fait bouger comme un oiseau monstrueux, puis sort du temple afin que ses proches le libèrent des crocs en fer qui transpercent son dos, sa poitrine et son nez.

Je pense au corps brun de Fely dans la cave. Le

temple autour de nous est peint en couleurs chatoyantes. Orange, rose, vert, jaune, violet. Le pénitent salue. Il laisse place à un autre, un homme maigre qui n'a pas plus de vingt ans. Il sue. Il semble sur le point de s'évanouir. Un groupe disséminé l'accompagne. On doit le soutenir car il chancelle. Une fois, deux fois. Les bongos jouent plus fort, plus rythmé. Il commence, très lentement, à tourner sur lui-même. On peut croire qu'il ne s'arrêtera plus. Il salue. Il s'effondre. Ses proches le relèvent. Ils le portent à bout de bras jusqu'à la sortie du temple.

J'ai serré très fort Fely contre moi. J'ai caressé ses cheveux brillants, sa peau que la crème a rendue pâle et grêlée, désormais perforée par le neuf millimètres silencieux. Je lui ai chuchoté que je n'avais plus qu'elle au monde.

Je me demande comment va se passer l'enterrement. Et, d'abord, où il aura lieu. Sans doute sur sa terre natale, Iloilo, avec sa famille. L'idée me paraît un peu ironique : elle sera inhumée par des gens qui ne lui étaient plus rien, juste des parasites, à qui elle envoyait son salaire chaque mois. Finalement, nous étions sa seule famille.

Alexandre serre ma main dans la sienne. Un autre pénitent approche. Ses blessures ne saignent presque pas. Il sourit. Quand il se met à tourner, les images de la divinité qui ornent son kavadi se mêlent aux plumes et aux lumières. Malgré mon éblouissement, je ne le quitte pas des yeux.

22

Ciel

Je maintiens la tête de Salma presque au-dessus du vide. Le ciel nous enserre dans sa nasse étoilée. Je pense que Salma a fait de moi l'assassin de Fely. Je me demande si elle dit vrai quand elle prétend réaliser mes désirs.

Je ferme les yeux et je la pousse de toutes mes forces.

Elle devient tous les cadavres, tous les criminels éventrés et disséqués, toutes les peintures de Jérôme Bosch.

Elle devient le corps supplicié du jeune Chinois.

Le chat écrasé sur le trottoir.

La viande pourrie de la malade du cerveau.

La tumeur dans la gorge.

D'abord, elle flotte ; puis elle éclate au sol comme un fruit trop mûr. Elle révèle au monde la porosité des frontières, la fragilité de l'enveloppe.

Sur les dalles, une tache rouge comme une trace de peinture sur un tableau abstrait.

Dans mon esprit, je baptise le tableau : « Pontianak sur fond rouge ».

Salma se réduit à deux couleurs.

Bleu de ses yeux et de la nuit, rouge de ma colère, rouge de mes désirs.

Désir de sang, sur le fond bleu d'une nuit qui meurt.

Puis je ne quitte plus des yeux les nuages.

Les merveilleux nuages.

ÉPILOGUE

The way I want to love you
Well, it could be against the law
I've seen you in a thousand minds
You've made the angels fall

Won't you dance with me
In my world of fantasy
Won't you dance with me.

NOUVELLE VAGUE,
Dance With Me

« Auvent »

Nessim dit :

— Je parcours un continent quand ils traversent une départementale consultable sur les plans cadastraux. Je suis riche de scènes interdites, de territoires inconnus, j'ai des fortunes qui ne valent rien, je suis pauvre comme un roi. Avec toute leur vérité, ils vivent dans un monde étroit comme un enclos à poules.

« Mais toi, toi, tu connais des mondes où ils n'iront jamais. Des lieux dont ils n'osent pas rêver.

« Je mens pour mentir. Parce qu'il y a un moment où mentir est une politesse.

« Je mens parce que tout le monde ment. Regarde Cendrars. Il a fait un poème de milliers de vers sur le Transsibérien. Et il n'a jamais pris le Transsibérien !

Salma Péreau se remémore l'anecdote lorsque l'Arabe blond n'arrive plus à lui raconter la suite de l'histoire. Elle ressent une colère incontrôlable à l'idée que Blaise Cendrars ait pu décrire le parcours d'un train qu'il n'a jamais pris et que Nessim, ou qu'importe son nom, ne parvienne pas à broder sur le désert. D'autant qu'il lui doit ce récit. C'est le moins qu'il puisse faire, après avoir ouvert et refermé les portes du monde devant elle.

Salma ne reconstitue ses impressions qu'après coup. Elle voit rouge. Elle veut juste qu'il ait mal. La lame bute contre quelque chose, des os ou des tendons. Elle sent ces obstacles comme une provocation supplémentaire. Une insulte. Elle extirpe la lame. Elle l'abat à nouveau, beaucoup plus fort. Le contact avec la peau et le sang provoque des bruits répugnants de succion, des clapotis infâmes.

Salma efface le tatouage de Nessim. Elle le repeint avec sa propre palette de couleurs.

— Je n'ai aucune explication à te donner, dit-elle.

Après, le dos de l'Arabe blond ressemble à une peinture de Francis Bacon.

De son tatouage de marin, de ses mensonges sur le port et les bateaux de commerce, il ne reste qu'un tas de chair sanglante.

L'horizon se referme.

Mais il reste cette couleur, comme un phare scintillant dans la nuit.

*

J'ai voulu me mettre au travail dans l'après-midi, après que les flics nous eurent laissés partir. Mais j'étais déconcentrée. Un détail me tournait dans la tête et m'empêchait de reprendre mon livre : Fely comptait me trahir. J'étais d'autant plus étonnée que je ne m'y attendais pas. Il me semblait que, de son point de vue, sa victoire devait déjà être complète. Je lui payais le voyage, après lui avoir donné vingt mille dollars en liquide. Je ne m'imaginais pas qu'elle voudrait aller plus loin. Mais visiblement, elle avait souhaité me nuire davantage. Elle avait pris rendez-vous avec les flics.

Je me souvenais de son attitude quand elle m'avait dit :

— Vous serez pendue.

En la tuant cette nuit-là, j'avais eu de la chance. Finalement, le mensonge que je lui avais dicté s'avérait : Dieu devait certainement la haïr.

Cette idée me réconforte. Je place devant moi les photographies de la torture du jeune Chinois. Leur vision ne me procure plus aucune émotion. Elle s'est estompée, elle est devenue la représentation abstraite sur laquelle se découpe mon existence.

Comme aucun mot ne me vient, je fais des essais sur mon moteur de recherche. Je finis par tomber sur un site étrange. Il évoque la mort de Fou-Tchou-Li. Mais, d'après le chercheur, le livre de Georges Bataille contient de nombreuses erreurs : le décret de l'empereur, exprimant sa clémence par le choix du démembrement plutôt que par celui du feu, est un faux. Et surtout, le jeune Chinois n'est pas celui qui a tué son maître mais un inconnu.

Sans que je sache l'expliquer, ces points d'incertitude m'agacent.

Je descends au salon. Je prends conscience du silence qui y règne désormais. Depuis hier, Louise a été confiée à Bérangère. Je décide de retourner la chercher après avoir fumé une cigarette. Alexandre est là, assis sur la terrasse. Il ne travaille pas, ne téléphone pas, il ne lit pas. Je lui lance :

— Qu'est-ce qu'il y a ?

Il me jette un regard perdu. Puis il dit :

— Cette amie, dont tu m'as parlé plusieurs fois… Salma quelque chose.

— Salma Péreau.

— J'ai vérifié : aucune expat française ne porte ce nom. Et le lieu dont tu m'as parlé, One North, c'est celui où s'est tuée la jeune Indienne. Celle dont le suicide t'a tellement bouleversée.

Il attend de moi une réponse. Mais je ne sais pas quoi dire. Il ne comprendrait pas. Pour ne pas laisser s'installer le silence, il reprend :

— Cette fille n'a jamais existé, n'est-ce pas ? Tu l'as inventée ?

Je hausse les épaules. Je m'assois en face de lui :

— J'ai cru qu'elle était mon amie. Mais c'était faux. C'est elle qui a tué Fely. Et Nessim. Elle les a tous…

Alexandre met un doigt sur ma bouche pour me faire taire. Il me prend dans ses bras. Sa chaleur m'envahit lentement. Quand il se détache, sa main reste dans la mienne. Et le souvenir de son étreinte se poursuit longtemps après qu'il fut parti chercher Louise.

Quand il rentre avec la petite, je me précipite vers eux. Je la serre contre moi. Pour une fois, elle ne cherche pas à fuir. Son regard erre un moment du côté de la cuisine puis elle se détourne.

*

Plus tard, j'emprunte la Ferrari de Jean-Louis. Alexandre insiste pour m'accompagner. Il confie Louise à Lita pour une heure.

Je roule à toute allure sur l'ARE. Il n'y a personne. Un soleil de plomb. Alexandre me crie :

— Freine ! Putain, freine !

J'entends un bruit d'impact.

Dans le rétro, la forme écrabouillée sur la chaussée. Je m'arrête brutalement au bord de la route. Alexandre hurle :

— Qu'est-ce que tu fous ? T'es malade, on a failli entrer dans le décor !

Je ne l'écoute pas, je claque la portière. Je m'approche du tas sanglant. Je sais qu'il s'agit d'un chat à cause de la probabilité. Mais le choc lui a fait perdre son contour, sa couleur et son âme.

Je le repousse du bout de ma chaussure. Il colle à ma semelle. J'essaie de le retirer en frottant mes tennis de ville contre le trottoir.

Le souvenir du dos de Nessim occulte un instant le cadavre du chat, puis s'efface. J'entends au loin la voix d'Alexandre. D'un côté, il y a l'appel irrésistible de la désagrégation ; de l'autre, celui de mon mari, qui m'incite à retourner m'asseoir près de lui dans la voiture.

Alexandre finit par sortir. J'entends, au loin, sa portière se refermer. Il me rejoint. Je me penche vers la dépouille. Alexandre me retient :

— Arrête. Allez, viens maintenant.

Il ouvre ses bras. Je m'y précipite. Je sens la fraîcheur des larmes couvrir mes joues. Je tourne le dos au cadavre du chat. Je suis Alexandre qui me guide de l'autre côté, celui de la vie.

— C'est fini, dit-il. On rentre à la maison.

*

Il m'arrive encore, quand l'horizon s'éclaire ou que j'entends la mer, de penser à Salma ou à l'Arabe blond. Mais depuis mon retour en France, ces instants sont de plus en plus rares. J'occupe avec satisfaction la minuscule parcelle du monde qui m'est impartie. Je ne rêve plus au désert.

Assise sur une chaise, sous un auvent, j'attends l'hiver. J'espère qu'il sera long et très froid.

FIN

DU MÊME AUTEUR

Aux Éditions Gallimard

Dans la Série Noire

L'EXPATRIÉE, 2013. Folio Policier nº 736
BLACK BLOCS, 2012
LES YEUX DES MORTS, 2010. Folio Policier nº 656

Dans la collection Folio 2 €

PETIT ÉLOGE DES BRUNES, 2013. Folio 2 € nº 5638

Composition IGS-CP
Impression Novoprint
le 20 août2014
Dépôt légal : août 2014

ISBN 978-2-07-045903-2./Imprimé en Espagne.

267559